爱阅读课程化丛书/快乐读书吧

爱阅读

中国古代寓言故事

立　人/主编

无障碍精读版

课外阅读佳作，爱阅读课程化丛书

分级阅读点拨 · 重点精批详注 · 名师全程助读 · 扫清阅读障碍

天地出版社 | TIANDI PRESS

图书在版编目（CIP）数据

中国古代寓言故事 / 立人主编 . 一成都 : 天地出版社，2017.5（2021.12 重印）
（爱阅读）
ISBN 978-7-5455-2581-6

Ⅰ . ①中… Ⅱ . ①立… Ⅲ . ①寓言－作品集－中国－古代 Ⅳ . ① I276.4

中国版本图书馆 CIP 数据核字（2017）第 048713 号

ZHONGGUO GUDAI YUYAN GUSHI

中国古代寓言故事

立　人　主编

—— 阅读 · 成长 ——

出 品 人　杨　政

监　　制　刘俊枫　田佰根
营销策划　田金香　吴　淼
责任编辑　蔡龙英
绘　　图　王　珊
版式设计　张　珺
装帧设计　宋双成
排版制作　书香文雅
责任印制　白　雪

出版发行　天地出版社
（成都市槐树街 2 号　邮政编码：610014）
（北京市方庄芳群园 3 区 3 号　邮政编码：100078）
网　　址　http://www.tiandiph.com
电子邮箱　tianditg@163.com

印　　刷　三河市祥宏印务有限公司
版　　次　2017 年 5 月第一版
印　　次　2021 年 12 月第八次印刷
开　　本　700mm × 1000mm　1/16
印　　张　16　　　彩插　0.375
字　　数　212 千
定　　价　24.80 元
书　　号　ISBN 978-7-5455-2581-6

咨询电话：（028）87734639（总编室）

田忌赛马
上→下
中→上
下→中

滥竽充数

抱薪救火

杞人忧天

曹冲称象

南辕北辙

总序

前不久，北京书香文雅图书文化有限公司的李继勇先生与我联系，说他们策划了一套“爱阅读”丛书，读者对象主要是中小学生，可以作为学生的课外阅读用书，希望我写篇序。作为一名语文教育工作者，在最近“双减”政策的大背景下，为学生推荐这套优秀课外读物责无旁贷，也更有意义。

一、“双减”以后怎么办？

前不久，教育部发布的“双减”文件，对义务教育阶段学生的作业和校外培训作出严格规定。我认为这是一件好事。曾几何时，我们的中小学生作业负担重，不少孩子不是在各种各样的培训班里，就是在去培训班的路上。孩子们“学”无宁日，备尝艰辛；家长们焦虑不安，苦不堪言。校外培训机构为了增强吸引力，到处挖墙脚，有些老师受利益驱使，不能安心从教，导致社会怨声载道。他们的行为破坏了教育生态，违背了教育规律，严重影响了我国教育改革发展。教育是什么？教育是唤醒，是点燃，是激发。而校外培训的噱头仅仅是提高考试成绩，让孩子在中高考中占得先机。他们的广告词是“提高一分，干掉千人”，大肆渲染“分数为王”，在这种压力之下，孩子们面对的是“分萧萧兮题海寒”，不得不深陷题海，机械刷题。假如只有一部分孩子上培训班，提高的可能是分数。但是，如果大多数孩子或者所有孩子都去上培训班，那提高的就不是分数，而只是分数线。教育的根本任务是立德树人，是培根铸魂，是启智增慧，是德智体美劳全面发展，是培养社会主义建设者和接班人，是为中华民族伟大复兴提供人才，而不是培养只会考试的“机器”，更不能被资本所绑架。所以中央才“出重拳”“放实招”，目的就是要减轻学生过重的课业负担，减轻家长过重的经济和精神负担。

“双减”政策出台后，学生们一片欢呼，再也不用在各种培训班之间来回奔波了，但家长产生了新的焦虑：孩子学习成绩怎么办？而对学校老师来说，这是一个新挑战、新任务，当然也是新机遇。学生在校时间增加，要求老师提升教学水平，科学合理布置作业，同时开展课外延伸服务，事实上是老师陪伴学生的时间增加了。这部分在校时间怎么安排？如何让学生利用好课外时间？这一切考验着老师们的智慧。而开展各种课外活动正好可以解决这个难题。比如：热爱人文的，可以开展阅读写作、演讲辩论、学习传统文化和民风民俗等社团活动；喜爱数理的，可以组织科普科幻、实验研究、统计测量、天文观测等兴趣小组；也可以开展体育比赛、艺术体验（音乐、美术、书法、戏剧）和劳动教育等实践活动。当然，所有的活动都应以培养学生的兴趣爱好为目的，以自愿参加为前提。学校开展课后服务，可以多方面拓展资源，比如博物馆、图书馆、科技馆、陈列馆、少年宫、青少年活动中心，甚至校外培训机构的优质服务资源，还可组织征文比赛、志愿服务、社会调查等，助力学生全面发展。

二、课外阅读新机遇

近年来，新课标、新教材、新高考成为语文教育改革的热词。前不久，我在朋友圈看到一个视频，说语文在中高考中的地位提高了，难度也加大了。这种说法有一定道理，但并不准确。说它有一定道理，是因为语文能力主要指一个人的阅读和写作能力，而阅读和写作能力又是一个人综合素养的体现。语文能力强，有助于学习别的学科。比如：数学、物理中的应用题，如果阅读能力上不去，读不懂题干，便不能准确把握解题要领，也就没法准确答题；英语中的英译汉、汉译英题更是考查学生的语言表达能力；历史题和政治题往往是给一段材料，让学生去分析、判断，得出结论，并表述自己的观点或看法。从这点来说，语文在中高考中的地位提高有一定道理。说它不准确，有两个方面的理由：一是语文学科本来就重要，不是现在才变得重要，之所以产生这种错觉，是因为在应试教育的背景下，语文的重要性被弱化了；二是语文考试的难度并没有增加，增加的只是阅读思维的宽度和广度，考查的是阅读理解、信息筛选、应用写作、语言表达、批判性思维、辩证思维等关键能力。可以说，真正的素质教育必须重视语文，因为语文是工具，是基础。不少家长和教师认为课外阅读浪费学习时间，这主要是教育观念问题。他们之所以有这种想法，无非是认为考试才是最终目的，希望孩子可以把更多时间用在刷题上。他们只看到课标和教材的变化，以为考试还是过去那一套，其实，考试评价已发生深刻变革。目前，考试评价改革与新课标、新教材改革是同向同行的，都是围绕立德树人做文章。中共中央国务院印发的《深化新时代教育评价改革总体方案》明确指出："稳步推进中高考改革，构建引导学生德智体美劳全面发展的考试内容体系，改变相对固化的试题形式，增强试题开放性，减少死记硬背和'机械刷题'现象。"显然就是要用中高考"指挥棒"引领素质教育。新高考招生录取强调"两依据，一参考"，即以高考成绩和高中学业水平考试成绩为依据，以综合素质评价为参考。这也就是说，高考成绩不再是高校选拔新生的唯一标准，不只看谁考的分数高，而是看谁更有发展潜力、更有创造性、综合素质更高，从而实现由"招分"向"招人"的转变。而这绝不是仅凭一张高考试卷能够区分出来的，"机械刷题"无助于全面发展，必须在课内学习的基础上，辅之以内容广泛的课外阅读，才能全面提高综合素养。

三、"爱阅读"助力成长

这套"爱阅读"丛书是为中小学生读者量身打造的，符合《义务教育语文课程标准》倡导的"好读书、读好书、读整本的书"的课改理念，可以作为学生课内学习的有益补充。我一向认为，要学好语文，一要读好三本书，二要写好两篇文，三要养成四个好习惯。三本书指"有字之书""无字之书"和"心灵之书"，两篇文指"规矩文"和"放胆文"，四个好习惯指享受阅读的习惯、善于思考的习惯、乐于表达的习惯和自主学习的习惯。古人说“读万卷书，行万里路”，实际上就是要处理好读书与实践的关系。对于中小学生来说，读书首先是读好“有字之书”。“有字之书”，有课本，有课外自读课本，还有“爱阅读”这样的课外读物。读书时我们不能眉毛胡子一把抓，要区分不同的书，采取不同的读法。一般说来，有精读，有略读。精读需要字斟句酌，需要咬文嚼字，但费时费力。当然也不是所有的书都需要精读，可以根据自己的需要决定精读还是略读。新课标提倡中小学生进行整本书阅读，但是学生往往不能耐着性子读完一整本书。新课标提倡的整本书阅读，主要是针对过去的单篇教学来说的，并不是说每本书都要从头读到尾。教材设计的练习项目也是有弹性的、可选择的，不可能有统一的“阅读计划”。我的建议是，整本书阅读应把精读、略读与浏览结合起来，精读重在示范，略读重在博览，浏览略观大意即可，三者相辅相成，不宜偏于一隅。不仅如此，学生还可以把阅读与写作、读书与实践、课内与课外结合起来。整本书阅读重在掌握阅读方法，拓展阅读视野，培养读书兴趣，养成阅读习惯。

再说写好两篇文。学生读得多了，素养提高了，自然有话想说，有自己的观点和看法要发表。发表的形式可以是口头的，也可以是书面的，书面表达就是写作。写好两篇文，一篇规矩文，一篇放胆文。规矩文重打基础，放胆文更见才气。规矩文要求练好写作基本功，包括审题、立意、选材、构思等，同时还要掌握记叙文、议论文、说明文、应用文的基本要领和写作规范。规矩文的写作要在教师的指导下进行。放胆文则鼓励学生放飞自我、大胆想象，各呈创意、各展所长，尤其是展现自己的应用写作能力、语言表达能力、批判性思维能力和辩证思维能力。放胆文的写作可以多种多样，除了大作文，也可以写小作文。有兴趣的还可以进行文学创作，写诗歌、小说、散文、剧本等。

学习语文还要养成四个好习惯。第一，享受阅读的习惯。爱阅读非常重要。每个同学都应该有自己的个性化书单，有的同学喜欢网络小说也没有关系，但需要防止沉迷其中，钻进“死胡同”。这套“爱阅读”丛书，就给中小学生课外阅读提供了大量古今中外的名家名作。第二，善于思考的习惯。在这个大众创业、万众创新的时代，创新人才的标准，已不再是把已有的知识烂熟于心，而是能够独立思考，敢于质疑，能够自己去发现问题、提出问题和解决问题，需要具有探究质疑能力、独立思考能力、批判性思维和辩证思维能力。第三，乐于表达的习惯。表达的乐趣在于说或写的过程，这个过程比说得好、写得完美更重要。写作形式可以不拘一格，比如作文、日记、笔记、随笔、漫画等。第四，自主学习的习惯。我的地盘我做主，我的语文我做主。不是为老师学，也不是为父母长辈学，而是为自己的精神成长学，为自己的未来学。

愿广大中小学生能借助这套“爱阅读”丛书，真正爱上阅读，插上想象的翅膀，飞向未来的广阔天地！

顾之川

2021年10月15日

于京东大运河畔之两不厌居

阅读领航

·部分作者介绍·

（一）马中锡

马中锡（1446—1512年），明代官员、文学家。字天禄，号东田，祖籍大都，先世为避战乱于明初徙于故城县（今属河北故城）。成化十一年进士，官至右都御史。以兵事为朝廷论罪，下狱死。能诗文，生平有文名，李梦阳、康海、王九思曾师从于他。著有《东田集》。

（二）司马迁

司马迁（公元前145年—前90年），字子长，夏阳（今陕西韩城南）人，一说龙门（今山西河津）人 。中国西汉伟大的史学家、文学家、思想家。司马谈之子，任太史令，因替李陵败降之事辩解而受宫刑，后任中书令。发奋继续完成所著史籍，被后世尊称为史迁、太史公、历史之父。

司马迁早年受学于孔安国、董仲舒，漫游各地，了解风俗，采集传闻。初任郎中，奉使西南。元封三年（公元前108）任太史令，继承父业，著述历史。他以其“究天人之际，通古今之变，成一家之言”的史识创作了中国第一部纪传体通史《史记》（原名《太史公书》），被公认为是中国史书的典范。该书记载了从上古传说中的黄帝时期，到汉武帝元狩元年，长达3000多年的历史，是“二十五史”之首，被鲁迅誉为“史家之绝唱，无韵之离骚”。

（三）韩非

韩非（约公元前280年—前233年），出身于韩国贵族。《史记》记载，韩非精于“刑名法术之学”，与秦相李斯都是荀子的学生。他是战国末期的思想家、政治家、法术家。其治国理论有积极意义的部分至今仍被人们推崇和使用。同时，韩非还是一个讲故事的大师。他的许多寓言故事让我们耳熟能详，譬如《自相矛盾》《守株待兔》《滥竽充数》《老马识途》《曾子杀猪》等。在他的《韩非子》当中，共收集这样的寓言故事

1

爱阅读
AI YUEDU

三百多则，它们已经成为中国文学中的瑰宝而代代相传。

·文学特色·

作为文学作品的一种体裁，寓言是在一般比喻的基础上发展起来的，以比喻性的故事寄寓意味深长的道理，给人启示。但是，寓言却不同于一般的比喻，它是经过由简到繁、由浅到深的演变后的高级形态。寓言的主题就是寓言的形象。主题的寄寓性，是寓言这种文体最基本的特征，总是借此喻彼、借浅喻深、借近喻远、借小喻大。而且寓言往往从反面进行教育，侧重于讽刺、劝诫 。寓言是笑的文学，幽默与讽刺是它鲜明的艺术特色。

早在我国春秋战国时代，寓言就已经盛行。在先秦诸子百家的著作中，经常采用寓言阐明道理，保存了许多当时流行的优秀寓言，如“揠苗助长”“自相矛盾”“郑人买履”“守株待兔”“刻舟求剑”“画蛇添足”等，其中《庄子》与《韩非子》中收录最多。汉魏以后，在一些作家的创作中，也常常运用寓言讽刺现实。唐代柳宗元就利用寓言形式进行散文创作，他在《三戒》中，以麋、驴、鼠三种动物的故事，讽刺那些恃宠而骄、盲目自大、得意忘形之徒，达到了寓意深刻的效果。因而，在人类文化的长河中，中国古代寓言始终占有不可取代的位置，是人类进步的乐章中不可或缺的音符。

中国古代寓言，主要来源于古代人民的口头创作，是用来表达对某种人或社会现象的赞扬或嘲讽的作品。它短小精悍，蕴涵着深刻的道理和不少人文科学常识，凝聚了丰富宝贵的生活经验。同时，中国古代寓言也是传统文化和民族智慧的结晶，其丰富的文学思想为后世文学创作提供了源泉，鲜明的寓意主题成为当代成语的重要来源，极大地丰富了中华民族的语言。

这本《中国古代寓言故事》，编者在忠于原文的基础上，加以组织、整理，并以轻快活泼的语言，讲述了一个个具有启迪意义的古代寓言故事。衷心地希望本书能让读者通过阅读各种不同的寓言故事，体会其中所蕴含的寓意，从而学习古代哲人的处世之道，累积前人的智慧，开启心灵的新境界。

2

阅读准备

“作家生平”，走近作家，一睹作家风采；“创作背景”，了解作品创作的时代背景；“作品速览”，把握故事全貌、主题意蕴；“文学特色”，发掘作品深刻的文学价值，以增进理解，提高阅读效率。

名家心得

我们之所以要阅读，并不仅仅是因为要考试，而是因为我们要生活。让阅读成为伴随学生终身的生活习惯，让阅读成为他们人生旅途所必须经历的精神跋涉。

——知名教育家、新教育实验发起人　朱永新

读书必须读好书，尤其是少年儿童。一篇作品被我们称之为名篇，前提是它已经经受住了漫长时间的考验，它已在时间的风雨中被反复剥蚀过而最终未能泯灭它的亮光。

——北大教授、当代文学研究室主任　曹文轩

读者感悟

寓言是什么？寓言是一个魔袋，虽然很小，却能拿出很多东西；寓言是一颗魔豆，虽然很小，却能长成参天大树；寓言是一根魔杖，虽然很短，却能变出很多宝物……寓言很美，美在简洁，美在内涵，美在语句。这本《中国古代寓言故事》是由许多寓言故事组成的，书中的每一个寓言故事看似很普通，但却都隐藏着深刻的道理，这个道理是我们要学习的。《中国古代寓言故事》是一本引人深思的好书。

书中每个简短的故事背后，又有哪个没有深刻的含义呢？有的故事

239

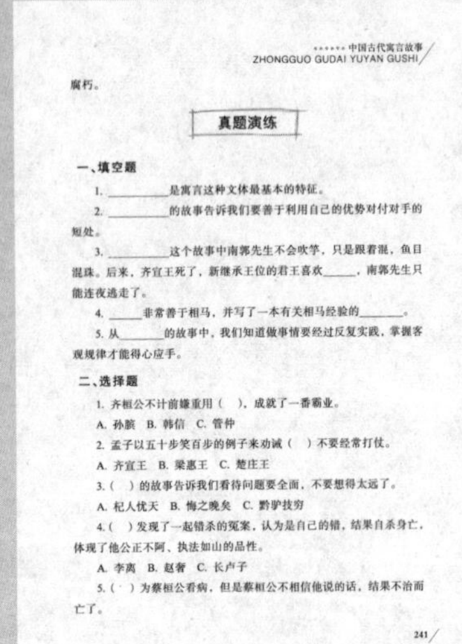

中国古代寓言故事
ZHONGGUO GUDAI YUYAN GUSHI

腐朽。

真题演练

一、填空题

1. ________是寓言这种文体最基本的特征。

2. ________的故事告诉我们要善于利用自己的优势对付对手的短处。

3. ________这个故事中南郭先生不会吹竽，只是跟着混，鱼目混珠。后来，齐宣王死了，新继承王位的君王喜欢______，南郭先生只能连夜逃走了。

4. ______非常善于相马，并写了一本有关相马经验的________。

5. 从________的故事中，我们知道做事情要经过反复实践，掌握客观规律才能得心应手。

二、选择题

1. 齐桓公不计前嫌重用（　），成就了一番霸业。

A. 孙膑　B. 韩信　C. 管仲

2. 孟子以五十步笑百步的例子来劝诫（　）不要经常打仗。

A. 齐宣王　B. 梁惠王　C. 楚庄王

3.（　）的故事告诉我们看待问题要全面，不要想得太远了。

A. 杞人忧天　B. 悔之晚矣　C. 黔驴技穷

4.（　）发现了一起错杀的冤案，认为是自己的错，结果自杀身亡，体现了他公正不阿、执法如山的品性。

A. 李离　B. 赵奢　C. 长卢子

5.（　）为蔡桓公看病，但是蔡桓公不相信他说的话，结果不治而亡了。

241

阅读总结

“名家心得”，听听名家怎么说；“读者感悟”，看看别人怎么想；“阅读拓展”，帮你丰富文学知识，增强艺术感受力；“真题演练”，考查阅读本书后的效果，是对阅读成果的巩固和总结。习题具有一定的延伸性和扩展性，对于没有回答上来的问题，读者可以借此发现阅读上的不足，心中带着疑问，为下一次的精读做好准备。

接受文学名著的滋养，读写贯通，读为写用，读写双升

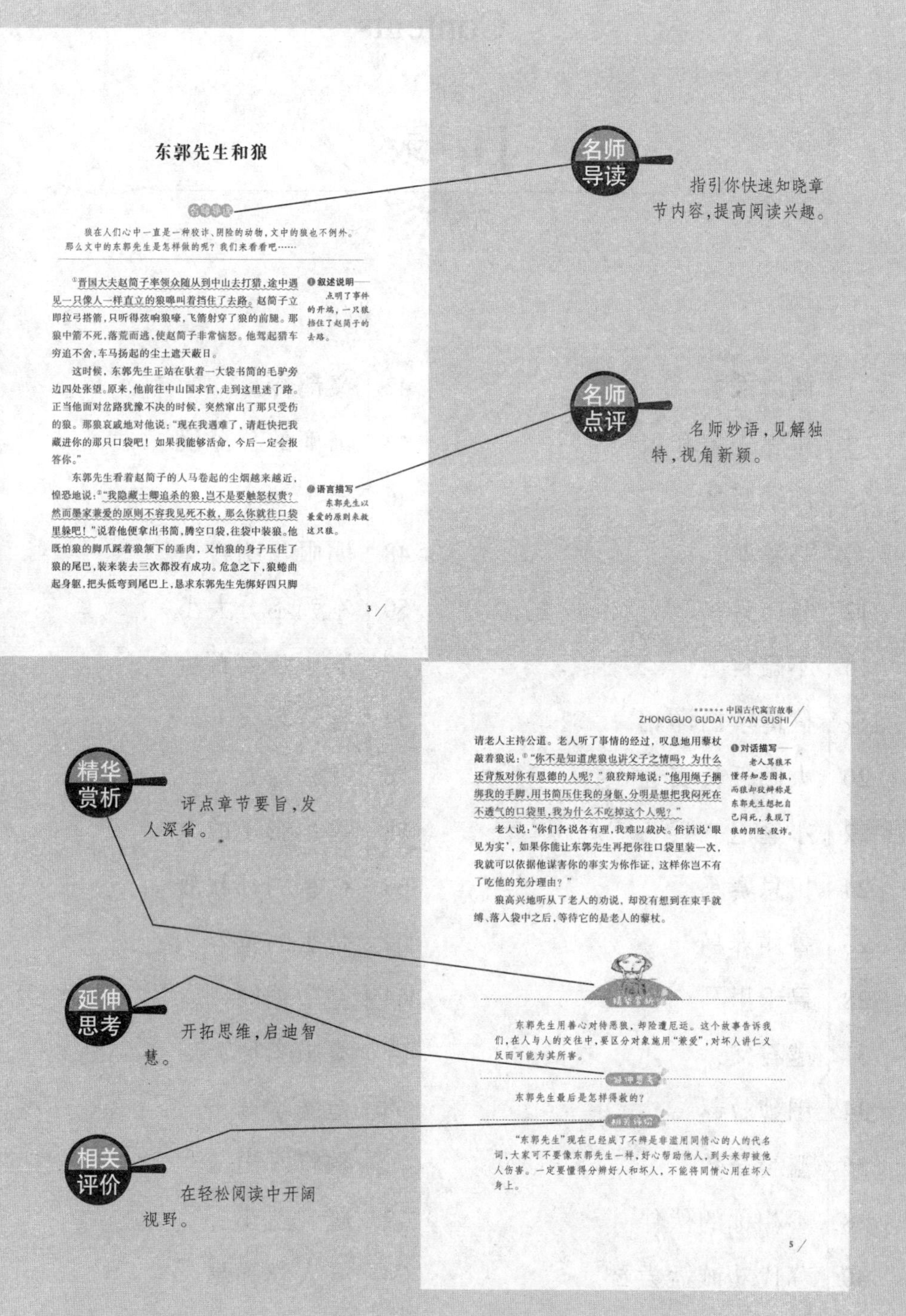

东郭先生和狼

狼在人们心中一直是一种狡诈、阴险的动物，文中的狼也不例外。那么文中的东郭先生是怎样做的呢？我们来看看吧……

①晋国大夫赵简子率领众随从到中山去打猎，途中遇见一只像人一样直立的狼嗥叫着挡住了去路。赵简子立即拉弓搭箭，只听得弦响狼嚎，飞箭射穿了狼的前腿。那狼中箭不死，落荒而逃，使赵简子非常恼怒。他驾起猎车穷追不舍，车马扬起的尘土遮天蔽日。

这时候，东郭先生正站在驮着一大袋书简的毛驴旁边四处张望。原来，他前往中山国求官，走到这里迷了路。正当他面对岔路犹豫不决的时候，突然窜出了那只受伤的狼。那狼哀戚地对他说："现在我遇难了，请赶快把我藏进你的那只口袋吧！如果我能够活命，今后一定会报答你。"

东郭先生看着赵简子的人马卷起的尘烟越来越近，惶恐地说：②"我隐藏士卿追杀的狼，岂不是要触怒权贵？然而墨家兼爱的原则不容我见死不救，那么你就往口袋里躲吧！"说着他便拿出书简，腾空口袋，往袋中装狼。他既怕狼的脚爪踩着狼颔下的垂肉，又怕狼的身子压住了狼的尾巴，装来装去三次都没有成功。危急之下，狼蜷曲起身躯，把头低弯到尾巴上，恳求东郭先生先绑好四只脚

❶叙述说明——点明了事件的开端，一只狼挡住了赵简子的去路。

❷语言描写——东郭先生以兼爱的原则来救这只狼。

3

中国古代寓言故事
ZHONGGUO GUDAI YUYAN GUSHI

请老人主持公道。老人听了事情的经过，叹息地用藜杖敲着狼说：①"你不是知道虎狼也讲父子之情吗？为什么还背叛对你有恩德的人呢？"狼狡辩地说："他用绳子捆绑我的手脚，用书简压住我的身躯，分明是想把我闷死在不透气的口袋里，我为什么不吃掉这个人呢？"

老人说："你们各说各有理，我难以裁决。俗话说'眼见为实'，如果你能让东郭先生再把你往口袋里装一次，我就可以依据他谋害你的事实为你作证，这样你岂不有了吃他的充分理由？"

狼高兴地听从了老人的劝说，却没有想到在束手就缚、落入袋中之后，等待它的是老人的藜杖。

❶对话描写——老人骂狼不懂得知恩图报，而狼却狡辩称是东郭先生想把自己闷死，表现了狼的阴险、狡诈。

东郭先生用善心对待恶狼，却险遭厄运。这个故事告诉我们，在人与人的交往中，要区分对象施用"兼爱"，对坏人讲仁义反而可能为其所害。

东郭先生最后是怎样得救的？

"东郭先生"现在已经成了不辨是非滥用同情心的人的代名词，大家可不要像东郭先生一样，好心帮助他人，到头来却被他人伤害。一定要懂得分辨好人和坏人，不能将同情心用在坏人身上。

5

Contents

目　录

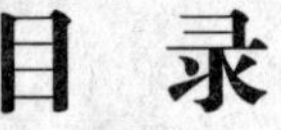

·部分作者介绍·

（一）马中锡

马中锡（1446—1512 年），明代官员、文学家。字天禄，号东田，祖籍大都，先世为避战乱于明初徙于故城县（今属河北故城）。成化十一年进士，官至右都御史。以兵事为朝廷论罪，下狱死。能诗文，生平有文名，李梦阳、康海、王九思曾师从于他。著有《东田集》。

（二）司马迁

司马迁（公元前 145 年—前 90 年），字子长，夏阳（今陕西韩城南）人，一说龙门（今山西河津）人 。中国西汉伟大的史学家、文学家、思想家。司马谈之子，任太史令，因替李陵败降之事辩解而受宫刑，后任中书令。发奋继续完成所著史籍，被后世尊称为史迁、太史公、历史之父。

司马迁早年受学于孔安国、董仲舒，漫游各地，了解风俗，采集传闻。初任郎中，奉使西南。元封三年（公元前 108）任太史令，继承父业，著述历史。他以其“究天人之际，通古今之变，成一家之言”的史识创作了中国第一部纪传体通史《史记》（原名《太史公书》），被公认为是中国史书的典范。该书记载了从上古传说中的黄帝时期，到汉武帝元狩元年，长达 3000 多年的历史，是“二十五史”之首，被鲁迅誉为“史家之绝唱，无韵之离骚”。

（三）韩非

韩非（约公元前 280 年—前 233 年），出身于韩国贵族。《史记》记载，韩非精于“刑名法术之学”，与秦相李斯都是荀子的学生。他是战国末期的思想家、政治家、法术家。其治国理论有积极意义的部分至今仍被人们推崇和使用。同时，韩非还是一个讲故事的大师。他的许多寓言故事让我们耳熟能详，譬如《自相矛盾》《守株待兔》《滥竽充数》《老马识途》《曾子杀猪》等。在他的《韩非子》当中，共收集这样的寓言故事三百多则，它们已经成为中国文学中的瑰宝而代代相传。

·文学特色·

作为文学作品的一种体裁，寓言是在一般比喻的基础上发展起来的，以比喻性的故事寄寓意味深长的道理，给人启示。但是，寓言却不同于一般的比喻，它是经过由简到繁、由浅到深的演变后的高级形态。寓言的主题就是寓言的形象。主题的寄寓性，是寓言这种文体最基本的特征，总是借此喻彼、借浅喻深、借近喻远、借小喻大。而且寓言往往从反面进行教育，侧重于讽刺、劝诫。寓言是笑的文学，幽默与讽刺是它鲜明的艺术特色。

早在我国春秋战国时代，寓言就已经盛行。在先秦诸子百家的著作中，经常采用寓言阐明道理，保存了许多当时流行的优秀寓言，如“揠苗助长”“自相矛盾”“郑人买履”“守株待兔”“刻舟求剑”“画蛇添足”等，其中《庄子》与《韩非子》中收录最多。汉魏以后，在一些作家的创作中，也常常运用寓言讽刺现实。唐代柳宗元就利用寓言形式进行散文创作，他在《三戒》中，以麋、驴、鼠三种动物的故事，讽刺那些恃宠而骄、盲目自大、得意忘形之徒，达到了寓意深刻的效果。因而，在人类文化的长河中，中国古代寓言始终占有不可取代的位置，是人类进步的乐章中不可或缺的音符。

中国古代寓言，主要来源于古代人民的口头创作，是用来表达对某种人或社会现象的赞扬或嘲讽的作品。它短小精悍，蕴涵着深刻的道理和不少人文科学常识，凝聚了丰富宝贵的生活经验。同时，中国古代寓言也是传统文化和民族智慧的结晶，其丰富的文学思想为后世文学创作提供了源泉，鲜明的寓意主题成为当代成语的重要来源，极大地丰富了中华民族的语言。

这本《中国古代寓言故事》，编者在忠于原文的基础上，加以组织、整理，并以轻快活泼的语言，讲述了一个个具有启迪意义的古代寓言故事。衷心地希望本书能让读者通过阅读各种不同的寓言故事，体会其中所蕴含的寓意，从而学习古代哲人的处世之道，累积前人的智慧，开启心灵的新境界。

东郭先生和狼

名师导读

狼在人们心中一直是一种狡诈、阴险的动物，文中的狼也不例外。那么文中的东郭先生是怎样做的呢？我们来看看吧……

①晋国大夫赵简子率领众随从到中山去打猎，途中遇见一只像人一样直立的狼嗥叫着挡住了去路。赵简子立即拉弓搭箭，只听得弦响狼嚎，飞箭射穿了狼的前腿。那狼中箭不死，落荒而逃，使赵简子非常恼怒。他驾起猎车穷追不舍，车马扬起的尘土遮天蔽日。

❶叙述说明 点明了事件的开端，一只狼挡住了赵简子的去路。

这时候，东郭先生正站在驮着一大袋书简的毛驴旁边四处张望。原来，他前往中山国求官，走到这里迷了路。正当他面对岔路犹豫不决的时候，突然窜出了那只受伤的狼。那狼哀戚地对他说："现在我遇难了，请赶快把我藏进你的那只口袋吧！如果我能够活命，今后一定会报答你。"

东郭先生看着赵简子的人马卷起的尘烟越来越近，惶恐地说：②"我隐藏士卿追杀的狼，岂不是要触怒权贵？然而墨家兼爱的原则不容我见死不救，那么你就往口袋里躲吧！"说着他便拿出书简，腾空口袋，往袋中装狼。他既怕狼的脚爪踩着狼颔下的垂肉，又怕狼的身子压住了狼的尾巴，装来装去三次都没有成功。危急之下，狼蜷曲起身躯，把头低弯到尾巴上，恳求东郭先生先绑好四只脚

❷语言描写 东郭先生以兼爱的原则来救这只狼。

再装。这一次很顺利，东郭先生把装狼的袋子扛到驴背上以后就退缩到路旁去了。不一会儿，赵简子来到东郭先生跟前，但是没有从他那里打听到狼的去向，因此愤怒地挥剑斩断了车辕，并威胁说："谁敢知情不报，下场就跟这车辕一样！"

东郭先生匍匐在地上说：①"虽说我是个蠢人，但还认得狼。人常说岔道多了连驯服的羊也会走失。而这中山的岔道把我都搞迷了路，更何况一只不驯的狼呢？"赵简子听了这话，调转车头就走了。

当人唤马嘶的声音远去之后，狼在口袋里说：②"多谢先生救了我。请放我出来，受我一拜吧！"可是狼一出袋子却改口说："刚才亏你救我，使我大难不死。现在我饿得要死，你为什么不把身躯送给我吃，将我救到底呢？"说着它就张牙舞爪地向东郭先生扑去。东郭先生慌忙躲闪，围着毛驴兜圈子与狼周旋起来。

太阳快下山的时候，东郭先生怕天黑遇到狼群，于是对狼说：③"我们还是按民间的规矩办吧！如果有三位老人说你应该吃我，我就让你吃。"狼高兴地答应了。但前面没有行人，于是狼逼他去问杏树。老杏树说："种树人只费一颗杏核种我，二十年来他一家人吃我的果实、卖我的果实，享够了财利。尽管我贡献很大，到老了，却要被他卖到木匠铺换钱。你对狼恩德不重，它为什么不能吃你呢？"狼正要扑向东郭先生，这时正好看见了一头母牛，于是又逼东郭先生去问牛。那牛说："当初我被老农用一把刀换回。他用我拉车帮套、犁田耕地，养活了全家人。现在我老了，他却想杀我，从我的皮肉筋骨中获利。你对狼恩德不重，它为什么不能吃你呢？"狼听了又嚣张起来。

就在这时来了一位拄着藜杖的老人。东郭先生急忙

①语言描写
东郭先生面对权贵不但不害怕，反而很机智。

②语言描写
狼在袋子里还在感谢东郭先生，等到它一出来就想吃掉东郭先生，侧面反映了狼很狡诈，不懂得知恩图报。

③语言描写
东郭先生通过和狼打赌来争取时间，反映了他的机智、勇敢。

读书笔记

请老人主持公道。老人听了事情的经过，叹息地用藜杖敲着狼说：[①]“你不是知道虎狼也讲父子之情吗？为什么还背叛对你有恩德的人呢？”狼狡辩地说：“他用绳子捆绑我的手脚，用书简压住我的身躯，分明是想把我闷死在不透气的口袋里，我为什么不吃掉这个人呢？”

❶**对话描写**

老人骂狼不懂得知恩图报，而狼却狡辩称是东郭先生想把自己闷死，表现了狼的阴险、狡诈。

老人说：“你们各说各有理，我难以裁决。俗话说‘眼见为实’，如果你能让东郭先生再把你往口袋里装一次，我就可以依据他谋害你的事实为你作证，这样你岂不有了吃他的充分理由？”

狼高兴地听从了老人的劝说，却没有想到在束手就缚、落入袋中之后，等待它的是老人的藜杖。

精华赏析

东郭先生用善心对待恶狼，却险遭厄运。这个故事告诉我们，在人与人的交往中，要区分对象施用“兼爱”，对坏人讲仁义反而可能为其所害。

延伸思考

东郭先生最后是怎样得救的？

相关评价

“东郭先生”现在已经成了不辨是非滥用同情心的人的代名词，大家可不要像东郭先生一样，好心帮助他人，到头来却被他人伤害。一定要懂得分辨好人和坏人，不能将同情心用在坏人身上。

广纳贤才

名师导读

齐桓公善于广纳贤才。这天，又有一个人来求见他，我们来看看这个人有什么才能吧……

❶叙述说明

齐桓公不计前嫌，任用管仲，突出了他很重视人才。

[1]管仲是我国古代有名的治国贤才，齐桓公不计前嫌重用管仲，把齐国治理得强盛起来，管仲还辅佐齐桓公成就了一代霸业。这一切，使得齐桓公十分关注有才干的人，他深知人才对于一个国家、一个国君来说是多么重要。他想，光有一个管仲还不行，还需要有更多的像管仲这样的人才行。于是齐桓公决心广纳贤才，他命人在宫廷外面燃起火炬，照得宫廷内外一片红红火火，一方面造成声势，一方面也便于日夜接待前来晋见的八方英才。然而，火炬燃了整整一年，人们经过这里时，除了发些议论或看看热闹外，并无人进宫求见。大臣们只是面面相觑，也不知是什么原因。

读书笔记

有一天，竟然来了一个乡下人在宫门口请求进去见齐桓公。

门官问乡下人：“你有何才干求见大王？”

乡下人回答说：“我能熟练地背诵算术口诀，我希望大王接见我。”

注释

面面相觑：形容人们因惊惧或无可奈何而互相望着，都不说话。

门官报告了齐桓公。齐桓公觉得十分好笑，背诵算术口诀算什么才能？于是让门官回复乡下人说：[1]“背算术口诀的才能太浅陋了，怎么可以接受国君的召见呢？回去吧。”

乡下人不卑不亢地说：“听人们说，这里的火炬燃烧了整整一年，却一直没有人前来求见，我想，这是因为大王的雄才大略名扬天下，各地贤才敬重大王希望为大王出力，又生恐自己的才干远不及大王而不被接纳，因此不敢前来求见。今天我以背算术口诀的才能来求见大王，我这点本事的确算不了什么，可是如果大王能对我以礼相待，天下人知道了大王真心求才、礼贤下士的一片诚意，何愁那些有真才实学的能人不来呢？泰山就是因为不排斥一石一土，才有它的高大；江海也因为不拒绝涓涓细流、广纳百川，才有它的深邃。古代那些圣明的君王，也要经常向农夫、樵夫请教，集思广益才会使自己更加英明啊！”

齐桓公听了乡下人的这一番话被深深打动，认为乡下人说得太有道理了，于是马上以隆重的礼节接见了他。这件事很快传开了，不到一个月时间，各地贤才纷纷前来，络绎不绝。

[2]一个统治者若真心求贤，就必须有诚意、礼贤下士，以宽广的胸怀接纳人才。

❶语言描写

齐桓公认为会背算术口诀不算什么才能，便让他回去。

读书笔记

❷议论

告诉我们统治者想求贤就必须拿出足够的诚意，广纳人才。

齐桓公想招揽人才，一个人称自己会背算术口诀想求见齐桓公，并以自己的口才说服了齐桓公，这告诫统治者要真的有诚

意接纳人才才能够求得贤才。

延伸思考

1.那个会背算术口诀的人是怎样说服齐桓公接纳自己的?

2.这个故事告诉我们一个什么道理?

相关评价

每个人都有自己的特长,不能根据一个人的身份地位就判断他的能力。才能不是显露在外表上的,需要我们慢慢发现。就算是那些看起来毫不起眼的人,很有可能深藏绝技。而且每个人都有自己擅长的领域,我们有自己擅长的知识,农夫和樵夫等人也有他们所擅长的领域。正所谓“闻道有先后,术业有专攻”,只要别人知道你不知道的东西,他就可以成为你的老师。

马和驴

名师导读

马和驴各有各的用途，让我们来看看文中的马和驴分别有什么用途……

古时候，国与国之间、各个部族之间经常发生战争。①有条件的人家都要饲养一匹战马，准备战争时骑乘。

❶叙述说明 点明了故事发生的背景：古时候有条件的人家都会饲养一匹战马，以备战时之需。

一个年轻的农民饲养了一匹出色的战马和一头普通的毛驴。骏马吃的是嫩草，喝的是泉水，秋冬之季吃干草时还要加上豆类等精料，长得膘满肉肥，皮毛油黑发亮，跑起来矫若游龙，日行千里。主人对它分外珍爱，从来舍不得让它干活。骏马吃得饱了，就在草地上撒欢。

毛驴活得非常辛苦，要拉磨、驾车，还要驮着货物到集市上去卖；归途也不轻松，主人采购的必需品照样由它驮回家中。毛驴的伙食标准很低，吃的是麦麸、糠皮和干草，一年四季不换。

②骏马和毛驴的生活形成强烈的反差，为此毛驴心里感到十分不平衡。不过，它不能向主人抱怨。夜间，它觉得实在不能容忍，便对马倾吐心中的不平，说："有件事，我始终想不通，可以说我对主人的贡献不算小了，这些你看得见，不必我细说，奇怪的是我吃得那么差。而你，每天除了吃饱喝足，就是随意玩耍。你说，为什么如此不公平？"

❷心理描写 毛驴因为骏马受到比自己更好的待遇便心里感觉不平衡。

马想了一会儿，老实回答说："你说的命运，我没想过，弄不懂到底是怎么回事，我只了解事实。①主人养驴，就是为了让驴给人干活；而驴，除了干活之外，照我看，就没有活下去的理由。你见过不干活的毛驴吗？正因为你很能干，主人才给你干草吃；如有一天，你不能干活了，主人会毫不客气地将你杀掉吃肉。为了活下去，你还是老老实实地干活吧，不要抱怨什么。至于我为什么活得轻松，你只能去问主人，我也不清楚。"

❶语言描写

骏马告诉驴一个事实，即驴活下去的理由便是给人干活。

毛驴当然不敢和主人探讨这样的问题，只能将想法埋在心里。它，只能这样活下去了，所有的毛驴不都是这么个活法吗？何必自寻烦恼呢。

不久，战争爆发，主人骑着骏马参加战斗，毛驴仍留在家中。战场就在附近，毛驴有幸看到了战斗的惨烈场面。

②它看到主人骑着骏马抢入敌阵，很快陷入了重围。骏马拼命驰骋，主人挥舞战刀与敌人厮杀。忽然，主人中箭从马上掉下来。骏马不肯舍弃主人，围着主人嘶鸣不已，凶狠的敌人将骏马杀死了。

❷场面描写

驴看到在战争中主人和骏马的悲惨下场，懂得了原来骏马的使命是陪着主人参加战斗。

毛驴不忍再看下去了，悄悄溜回家中。战争结束后，毛驴还活着，战马却永远消失了。

毛驴反思之后，自言自语道：③"安逸富足的背后是时时都可能发生的生命危险，代价未免过于沉重；而辛苦劳累的生活，看似艰辛却平安。平安是无价的，让安逸见鬼去吧！"

❸语言描写

驴的自言自语，告诉我们一个道理：任何安逸都是有代价的。

精华赏析

驴和马受到的待遇不同，驴每天要辛苦干活，而马却可以安逸享乐，但是后来骏马战死了，而驴却活下来了。这告诉我们一个道理：天下没有免费的午餐，不要盲目地羡慕别人的生活，不要怨天尤人；平安无价。

延伸思考

1.骏马的结局是什么？

2.驴懂得了什么道理？

相关评价

“天底下没有免费的午餐”，当你正免费享受的时候，一定要提高警惕，这享受背后是不是有什么阴谋。就像骏马享受的背后是随时可能失去生命，世间任何事情都是等价交换的，不要总想着不劳而获。

对我们普通人来说，平安就是福气。不要总是贪图安逸，要好好珍惜自己的平凡生活。用心体验生活中的美好，你会发现平凡的生活也是非常不平凡的。不要等到失去享受平凡生活的机会，你才后悔。

号 兵

名师导读

号兵是没有武器的，不用参与战斗。但是文中的号兵却想拿武器作战，那他的结局是什么呢？我们来看看吧……

---

❶**叙述说明** 交代了事件的起因，战争一触即发。

[①]敌军大兵压境，连空气中都充满了火药味，战争随时都有可能爆发。国王下令全国总动员，命令所有的青年男子都拿起武器到前线去对付敌人。

一位军官带着国王的命令到一个小村来征集新兵。村长的儿子也在应征之列。他不知道战争的残酷，认为是件很好玩的事情。他早就不愿待在村子里了，总想到外面走一走，寻找一种新刺激，换一种活法，因此，听到即将应征，感到格外兴奋。

村长却觉得十分不安，担心儿子凶多吉少，甚至不能活着回来。他带上许多金银珠宝去贿赂军官，请求军官将他儿子的名字从征兵名单中勾掉。军官收下礼物，说：[②]“村长先生，您的要求使我感到为难，不是我不愿帮您，而是不能、也不敢违抗国王陛下的圣命，那是要杀头的。不过，我可以让您的儿子当一名号兵。您知道，号兵没有武器，不必参加战斗。我保证您的儿子生命安全，连一根毫毛都损失不了。您觉得这样满意吗？”

❷**语言描写** 军官收下了村长的礼物，想了个两全其美的方法，即让村长的儿子当一名号兵。

注释

凶多吉少：指估计事态的发展趋势不妙，凶害多，吉利少。凶：不幸；吉：吉利。

村长想了想，认为事情只能这样，就千恩万谢地告别军官回家了，将好消息告诉老婆。

军官将村长的儿子带到部队，拿出部分钱疏通上级，将村长的儿子安排为号兵。

一触即发的战争终于全面爆发，号兵所在的部队奉命开赴前线。他们的运气太坏了，首次参加战斗就被十倍的敌兵围住。敌兵轻而易举地将这支部队收拾掉，号兵成了俘虏。号兵害怕被杀，大声说："你们放我回家吧，我不过是一名号兵，从来没杀过你们中间任何一个人。"

敌军官看了看号兵，冷笑说："本来没想杀你，你这一喊，还非杀你不可了。①你是没直接杀我们，但你那该死的号声却鼓动全军向我们进攻。你说，你难道不该死吗！"

号兵想不通，不过还是被杀掉了。

❶语言描写 号兵在军队中的作用非常大，所以敌军官很恨他们。

精华赏析

战争一触即发，军官来征兵。他将村长的儿子安排当号兵，号兵后来却不幸被敌军杀死。这个故事以简洁的语言告诫我们凡事皆有利弊，不要贪图一时的安逸。

延伸思考

1.面对村长的请求，军官想了一个什么办法？

2.这则故事讲述了一个什么道理？

相关评价

凡事要透过现象看本质，号兵虽然不杀人，但是他的号角却鼓动了全军进攻。

不敲自鸣

有时候人们会听到一些奇怪的声音，这会使自己心神不宁。那么，文中的僧人听到了什么声音呢？我们来看看吧……

在洛阳有一座寺院，寺院里的一间僧房内有一只磬。①不知道从什么时候起，那只静静地放在屋里的磬，没有人敲，也没人动，它竟自己响起来，发出很大的声音，仿佛谁在敲它一般。

❶叙述说明 交代了故事的开端，僧房里的一只磬竟然不敲自鸣。

这间僧房里住着一位僧人，自从听了不敲自鸣的磬声，心中便犹疑万端，每日里寝食不安，以为有什么鬼神在作怪。

这样天长日久，每听到一次磬鸣，那僧人便觉心惊肉跳，疑心生暗鬼，心想："如此下去，说不定要出什么祸患，这该怎么办呢？"

读书笔记

久而久之，僧人因惊吓和心神不宁而病倒了。一病就是一个月，眼见得日益憔悴，谁也没有办法给他解除这心病。

一天，僧人的一位朋友听说僧人病卧在床，便来到寺院探望。进得僧人屋内，那位朋友便问候僧人病情，僧人一五一十地说出来。

僧人一边说，一边指着案台子上摆着的磬，对朋友说：②"说不定这个东西就是来取我命的，看来躲是躲不开的，只好认命了。"

❷语言描写 僧人很害怕有什么东西在作怪，害怕自己有生命危险。

朋友见他黯然伤神，便连忙用好言相劝，安慰他不可胡思乱想。这时，寺内的斋钟响了，紧接着那磬也响了起来。

僧人急忙用被子蒙住脸和耳朵，吓得浑身发抖。那位朋友听了斋钟响，又听了磬鸣，心中已猜到是怎么回事。于是，他扯下僧人脸上的被子，对他说：①“你不要总是这样卧床不起，若想治病，就要听我来安排。”

①语言描写 那位朋友已经胸有成竹了，便准备来帮助僧人。

僧人一听朋友能给自己治病，高兴极了，急问：“怎么个治法？我全听你的。”

朋友说：“明天，你备好酒席款待我，我来给你消除磬鸣如何？”

僧人半信半疑，连连答应。

第二天，那位朋友带着一把小锉来到寺院。他让僧人闭上眼睛，然后轻轻在磬上锉了几下，之后两人坐下闲谈。

边吃边谈，不觉天色已晚，朋友起身告辞，僧人这才想起磬果然没再响过，追问何故，朋友笑答：②“只因你屋内的磬与寺内的斋钟频率相同而引起共鸣，我改变了磬的频率，自然不会再响了。”

②语言描写 磬不敲自鸣的原因，即磬与寺内的斋钟的频率相同而引起共鸣。

一个僧人因为听到磬不敲自鸣便心神不宁，他便告诉他的朋友。他的朋友帮助了他，告诉他原因，即磬与寺内的斋钟的频率相同而引起共鸣。这告诉我们遇事要冷静思考，找出问题所在。

延伸思考

1.磬不敲自鸣给僧人带来了什么影响?

2.磬为什么不敲自鸣?

相关评价

僧人被不敲自鸣的磬声吓病了，其实这只是因为磬和斋钟的频率相同而引起共鸣。他遇到不能理解的情况，不去思考，反而想一些神鬼之事来吓自己，结果自己病得不轻。这说明一个人的心理能够起到很大的作用，自己总是担心，则会被自己吓病。我们应该时时保持乐观，保持一个好心情，即使遇到一些无法理解的怪事，也应该保持冷静，找出问题的原因所在。同时这个故事也说明许多人太过迷信，见到无法理解的事情就想到鬼怪之说。我们要相信科学，许多事情都可以用科学来解释清楚，世界上根本不存在鬼怪。我们不应该迷信，相信那些不存在的东西。

假博学出洋相

名师导读

有许多人没有真才实学，但又喜欢卖弄自己的学问，总是免不了出洋相，我们来看看文中的主人公出了什么洋相吧……

从前魏地有个人，素以博学多识而著称。①很多奇物古玩，据说只要他看一眼就能知道是什么朝代的什么器具，并且解说得头头是道。大家都很佩服他，他自己也常常引以为豪。

❶叙述说明 这个魏地人似乎很有学问，别人都很敬佩他，而他自己也引以为豪。

一天，他去河边散步，不小心踢到一件硬东西，把脚都碰痛了。他恨恨地一边揉脚一边四下张望，原来是一件铜器。他顿时忘了脚疼，拾起来细细察看。这件铜器的形状像一个酒杯，两边还各有一个孔，上面刻的花纹光彩夺目，俨然是一件珍稀的古董。

魏人得了这样的宝贝非常高兴，决定大宴宾客庆贺一番。他摆下酒席，请来了众多亲朋好友，对大家说："我最近得到一件夏商时期的器物，现在拿出来让大伙儿赏玩赏玩。"

读书笔记

于是他小心地将那铜器取出，斟满了酒，敬献给各位宾客。大家看了又看，摸了又摸，都装出懂行的样子交口称赞，恭喜主人得了一件宝物。可是宾主欢饮还不到一轮，意想不到的事情发生了。

有个从仇山来的人一见到魏人用来盛酒的铜器，就惊愕地问：[①]“你从什么地方得到的这东西？这是一个铜护裆，是从事角抵的人用来保护下体的。”这一来，举座哗然，魏人羞愧万分，立刻把铜器扔了，不敢再看一眼。

❶语言描写

这个仇山人说明了这件铜器的真正用途，这反衬了那个魏地人并没有多少真才实学，他连这件器具的用途都辨认不出。

无独有偶。楚邱地有个文人，其博学多识的名声并不亚于魏人。

一天，他得了一个形状像马却有大口的古物，造得十分精致，颈毛与尾巴俱全，只是背部有个把。楚邱文人怎么也想不出它究竟是干什么用的，就到处打听。可是问遍了远近街坊的人，都没一个人认识这是什么东西。只有一个号称见多识广、学识渊博的人听到消息后找上门来，研究了一番古物，然后慢条斯理地说：[②]“古代有犀牛形状的酒杯，也有大象形状的酒杯，这个东西大概是马形酒杯吧。”

❷语言描写

楚邱文人并不能辨认出这件器具，还要请人研究，说明他并没有多少真才实学。

楚邱文人一听大喜，把它装进匣子收藏起来，每当设宴款待贵客时，就拿出来盛酒。

有一次，仇山人偶然经过这个楚邱文人家，看到他用这个东西盛酒，便惊愕地说：“你从什么地方得到的这个东西？这是尿壶呀！也就是那些贵妇人所说的‘虎子’，怎么可以用来做酒杯呢？”

楚邱文人听了这话，脸噌一下红到了耳朵根，羞愧得恨不得立刻在地上挖个洞钻进去。他赶紧把那“古物”扔得远远的，[③]像魏人一样不敢再看。世上的人为此全都嘲笑他。

❸细节描写

楚邱文人被人识破了自己没有多少学问，所以他觉得很羞愧。

精华赏析

文中列举了两个文人都以博学著称，但他们连简单的器具都辨认不出，还因此出了洋相，这则故事以此来批判、讽刺这种附庸风雅的人。

延伸思考

1.魏地人在宴会上用来盛酒的铜器实际上是用来干什么的?

2.这两个故事告诉我们什么道理?

相关评价

有些人没什么学问，但是还喜欢附庸风雅。这种人在真正有文化的人面前，就会露出马脚。这也告诉我们不管做什么事情都要有真才实学,假的永远都是假的,在真的面前一下子就原形毕露了,还成了大家笑话的对象。

其实我们学习知识或是一项本领，并不是为了在他人面前显摆,如果抱着这种功利的心态去学习,那么就无法沉下心来学习。一个不能静下心来做学问或是学习某种技能的人，是不可能在某个领域取得成就的。不管是做什么事情都需要专心致志，浮躁只会让人急功近利，而学问和技能都需要我们仔细研究和揣摩。所以若想在某一方面取得不错的成就,那就静下心来，抛去功利的想法,好好学习吧。

太阳近长安远

名师导读

很明显，长安比太阳近，可是文中的主人公有一次为什么认为他离太阳近而离长安远呢？……

❶叙述说明

介绍了晋明帝的秉性，即喜欢追根究底。

[①]晋明帝司马绍小时候聪慧过人，小小年纪常常对周围很多事情感兴趣，而且总是喜欢追根问底，不把事情弄明白绝不肯罢休。

晋明帝的父亲元帝非常喜欢他，一有空闲就和司马绍谈天说地，有时候，司马绍说出的话竟让元帝感到吃惊，并从中得到启示。

有一次，元帝把司马绍抱在膝头上，又和他聊起天来。这时，侍从来报，告知元帝长安有人来禀报。元帝命来人速速报告长安方面的情况，来人跪拜之后，失声痛哭。

❷对话描写

司马绍询问父亲来人为何啼哭，说明他喜欢追根究底。

司马绍在一边，很懂事地听来人向父王禀报。事后，司马绍问父王：[②]“那人为何啼哭？”

元帝说：“因为他心里难过。”

司马绍追问道：“是什么事情让他这样难过？”

元帝只好将来人讲述的晋朝东渡的事情说给司马绍听。司马绍听说了长安的情况，似乎听明白了，若有所思地点点头。

注释

若有所思：好像在思考着什么。若：好像。

元帝为了转移话题，故意对司马绍说：[1]“孩子，你说说看，长安远不远？”

司马绍说：“我没有去过，我想一定很远。”

元帝接着问：“那太阳远不远？”

司马绍答道：“当然远了。”

元帝又问：“那么，你说太阳和长安哪一个更远？”

司马绍毫不犹豫地说：“当然是太阳更远了。”

司马绍的回答使元帝很吃惊，元帝于是问道：[2]“为什么说太阳更远呢？”

“长安有人来过，太阳那儿却没见到有什么人来过呢。”

第二天，元帝为了让文武百官知道儿子的聪明智慧，有意在午宴时差人把司马绍带来。当着众人的面元帝问司马绍：“太阳和长安哪个更远些？”

司马绍毫不犹疑地答道：“太阳就在头上，当然近些，而长安却怎么也看不到呀。”

1 对话描写
司马绍根据客观事实说话，所以他认为长安很远。

2 对话描写
司马绍认为太阳比长安更远，并能说出原因，表明他很聪颖。

精华赏析

晋明帝从小智慧过人，他能推断太阳比长安更远也能推断太阳比长安近，还能说出令人信服的原因。本文赞颂了他聪慧过人的品质。

延伸思考

1.晋明帝是一个怎样的人？

2.他为什么认为太阳比长安远，后来又说太阳比长安近？

相关评价

若想要别人信服自己的观点，就要拿出真凭实据。

小偷退齐兵

人们常说，英雄不问出处。的确，一个小偷如果将自己的长处用在正途上也会有很大的出息的。那么，让我们来看看文中的小偷是怎么发挥自己才能的吧……

---

[1]子发是楚国的一位将领，他很注重有一技之长的人，善于利用这些人的长处为自己服务。楚国有一位擅偷窃的人听说了这件事，便去投靠子发。小偷对子发说："听说您愿起用有技艺的人，我是个小偷，以前不务正业，如果您能收留我，我愿为您当差，以我的技艺为您服务。"

> ❶**叙述说明**
> 介绍了子发善于用人，引出下文，介绍他是如何用自己的手下人的。

子发听小偷这么说，又见他满脸诚意，很是高兴，连忙从座位上起身，对小偷以礼相待，竟连腰带也顾不上系紧，帽子也来不及戴端正。小偷见子发果然是真心，简直是受宠若惊。

子发手下的官员、侍从们都劝谏说：[2]"小偷是天下的盗贼，为人们所不齿，您怎么对他如此尊重？"

> ❷**对话描写**
> 子发的手下都认为小偷为天下人所不齿，而子发却真心接纳这个小偷，突出子发用人的独特之处。

子发摆摆手说："你们一时难以理解，以后就会明白的，我自有道理。"

适逢齐国兴兵攻打楚国，楚王派子发率军队前去迎战齐兵。结果，连续交锋三次，楚军都败下阵来。

军帐内，子发召集大小将领商议退齐兵的策略，将领们想了好多计策，个个忠诚无比，可是对击退齐兵却一筹莫展，而齐兵反而愈战愈强。

面对紧张的形势，那个小偷来到帐前求见，主动请缨。小偷说："我有个办法，请让我去试试吧。"子发同意了。

夜间，小偷溜进齐军营内，神不知鬼不觉地将齐军首领的帷帐偷了出来，回到楚营交给子发。子发便派了一个使者将帷帐送还齐营，并对齐军说："我们有一个士兵出去砍柴，得到了将军的帷帐，现特前来送还。"齐兵面面相觑，目瞪口呆。

读书笔记

第二天，小偷又潜进齐营，取回齐军首领的枕头，子发又派人送还。

第三天，小偷第三次进了齐营，取回来齐军首领的簪子，子发再次派人将簪子送还。这一回，齐军首领惊恐万分、不知所措。齐军营中议论纷纷，各级将领大为惊骇。于是，齐军首领召集军中将士们商议对策。首领对大家说："今天再不退兵，楚军只怕要取我的头了！"将士们无言以对，首领立即下令撤军。

齐军终于退兵。楚营内大大嘉奖那个立功的小偷，众将士无不佩服子发的用人之道。

精华赏析

楚国将领子发器重有一技之长的人，这也包括小偷，当然小偷要将偷窃之术用于正义之途。后来，这名小偷竟然不伤一兵一卒迫使齐军退兵，突出了子发善于用人。

延伸思考

子发是一个怎样的人？

相关评价

每个人都有自己的长处，作为领导者要善于发现他人的长处，以便好好地利用。

田忌赛马

名师导读

《田忌赛马》出自《史记·孙子吴起列传第五》,是中国历史上有名的利用自己的长处去对付对手的短处,从而在竞技中获胜的故事。我们一起来学习吧……

齐国的将军田忌经常同齐威王赛马。[①]他们赛马的规矩是:双方各下赌注,比赛共设三局,两胜以上为赢家。然而每次比赛,田忌都是输家。

❶叙述说明 点明了赛马的规矩,即比赛共设三局,两胜以上为赢家。

这一天,田忌赛马又输给了齐威王。回家后,田忌把赛马的事告诉了自己的高参孙膑。这孙膑饱读兵书,深谙兵法,足智多谋,但被庞涓谋害残了双腿。孙膑来到齐国后,很受田忌器重,被田忌尊为上宾。孙膑听了田忌谈他赛马总是失利的情况后,说:[②]“下次赛马你让我前去观战。”田忌非常高兴。

❷语言描写 孙膑似乎胸有成竹,所以要求田忌带他去观战。

又一次赛马开始了。孙膑坐在赛马场边上,很有兴致地看田忌与齐威王赛马。第一局,齐威王牵出自己的上马,田忌也牵出了自己的上马,结果跑下来,田忌的马稍逊一筹。第二局,齐威王牵出了中马,田忌也以自己的中马与之相对,第二局跑完,田忌的中马也因慢了几步而落后。第三局,两边都以下马参赛,田忌的下马又未能跑赢齐威王的马。看完比赛回到家里,孙膑对田忌说:[③]“我看你们双方的马,若以上、中、下三等对等比赛,

❸语言描写 孙膑为田忌出妙计,保证田忌赢,侧面烘托了孙膑的机智。

你的马都相应的差一点儿，但悬殊并不太大。下次赛马你按我的意见办，我保证你获胜，你只管多下赌注就是了。”

日子到了，田忌与齐威王的赛马又开始了。第一局，齐威王牵出那匹健步如飞的上马，孙膑却让田忌出下马，一局比完，自然是田忌的马落在后面。可是到第二局形势就变了，齐威王出以中马，田忌这边对以上马，结果田忌的马跑在前面，赢了第二局。最后，齐威王剩下了最后一匹下马，当然被田忌的中马甩在了后面。这一次，田忌以两胜一负而取得赛马胜利。

由于田忌按孙膑的吩咐下了很大的赌注，一次就把以前输给齐威王的都赚回来了，还略有盈余。

田忌以前赛马的办法总是一味硬拼，希望一局也不要输，结果却因自己的总体实力差那么一点儿，总是赛输了。①孙膑则巧妙运用自己的优势，先让掉一局，然后保存实力去确保后两局的胜利，从而保证了整体的胜利。

读书笔记

①议论

这告诉我们一个道理：巧妙运用自己的优势，力求保证整体的胜利。

精华赏析

田忌和齐威王赛马时一开始田忌总是输，后来孙膑给田忌出谋划策帮助他取得胜利。这个故事告诉我们要善于发扬自己的优势避开对手的长处。

延伸思考

1.孙膑是怎样帮助田忌赛马获胜的？
2.这则故事告诉我们一个什么道理？

相关评价

要学会在劣势之中寻找优势，善于发现自己的长处。

鲁侯养鸟

名师导读

《鲁侯养鸟》是一则寓言，反映了一段历史，我们来看看这则故事揭示了什么道理吧……

---

❶**叙述说明**

批判了古代的许多国君，他们养尊处优，但未必有过人的智慧。

❷**侧面描写**

鲁国国君用盛大的礼节来迎接这只海鸟，侧面表现他的愚蠢、可笑。

我国古代的那些国君，在他们自己的国家里都是有着至高无上的地位的。他们每天接受着至尊的膜拜，欣赏着美妙的音乐，吃着讲究、丰盛的食物。①这些人养尊处优，却不见得有多少过人的智慧。

有一天，一只巨大的鸟飞落在鲁国都城的附近。这是一只海鸟。它的头抬起的时候，身高达8尺；它长得很漂亮，很像传说中的凤凰。因此，人们都把它当作神鸟。

鲁国国君听了臣属关于这只大海鸟的汇报，决定以盛大的礼节郑重其事地迎接它。鲁侯在宗庙里毕恭毕敬地设酒宴招待海鸟。鲁侯命宫廷乐师奏起了最高级的《九韶》曲——这是舜帝时在最隆重的场合才演奏的乐曲，共有九章。②他又派人给海鸟摆满了最上等、最神圣的"大牢"供品做食物，这些食物是用很大的盘子盛着烤熟的全牛、全羊和全猪。鲁侯侍立在海鸟旁边，诚心诚意地请它食用。

海鸟看到这莫名其妙的场面，被吓得有些发呆。它离开了辽阔的大海，失去了宝贵的自由，看着面前纷乱的人世，只觉得头昏眼花，充满了惊恐和悲伤。海鸟始终不敢吃一块肉，不敢饮一杯酒。三天之后，它便在极度的惊吓、忧郁中死去了。

鲁侯十分沮丧，还不知道自己到底错在何处。

[①]其实，鲁国国君这是用供养自己的一套做法来养海鸟。他不知道世上万事万物皆有自身的特点和所应遵循的规律。而鲁侯却不看场合、不分对象，只凭自己想当然去办事。他不懂得用养鸟的办法去养鸟，结果事与愿违，做出了适得其反的蠢事来。

❶叙述说明 解释了海鸟死去的原因，即鲁国国君用供养自己的一套做法来养海鸟。

精华赏析

这则寓言故事通过讲述鲁侯养鸟的事情来批判那些不遵循客观规律，只按照自己的想象办事的人。

延伸思考

1.鲁侯以怎样的礼节来迎接海鸟？

2.这则寓言故事告诉我们一个怎样的道理？

相关评价

人们不管做什么事情，都要努力掌握事物的规律性，绝对不能想怎么干就怎么干。绝对不能不顾及工作对象和研究对象的具体情况，要明白它们有些什么特点，有些什么规律。如果我们的工作对象是生物，还要进一步了解它们的个性，与同类或不同类的事物有哪些相同之点和不同之点，它是怎样适应它长期生活的环境的，到了新的环境该怎样帮助它适应新的环境。如果对事物的特点和个性以及它过去生活的环境一点也不了解，盲目而想当然地按照自己的意愿和习惯来做，就不可能把事物处理好。

寻千里马

名师导读

伯乐善于相马，还写了一本《相马经》。他的儿子按照书中所写最后寻找到什么样的马呢？让我们来看看吧……

伯乐善于相马，晚年时为了把相马的经验留传下来，写了一本《相马经》。在这本书里他详尽地叙述了相马应切记的要点，还特别指出千里马的体貌特征：[①]额高且丰满，两眼圆而闪亮，蹄子粗壮而结实。

> ①叙述说明
>
> 伯乐在《相马经》里介绍了千里马的特征，以供人们参考。

伯乐有个儿子，虽然也知道父亲被人们推崇为相马能手，但他却不以为然，他想：

“相马还要什么技术呀，一匹马牵来，用眼一看，便知这马是好是坏，哪有那么复杂！”

伯乐的儿子就去问父亲：

“父亲，您说千里马果真那么难寻吗？”

伯乐说：

“当然，如果世上千里马到处可见，千里马也就没有什么珍贵的了。”

伯乐的儿子还是不懂，于是又问父亲：

“平时我们相马，只要高高大大、膘肥体壮不就是好马了吗？”

读书笔记

注释

不以为然：不认为是对的。表示不同意或否定。然：是，对。

伯乐说：

“好马有的是，但千里马是从好马中精选出来的。再说，千里马不一定个子很高，很肥壮，千里马的价值在于它有耐力，有韧劲儿，行千里路而不伤其筋骨。”

伯乐的儿子听了父亲的话，对父亲表示：

①“我也很想学您的相马本领，现在既然您已经告诉我这些知识，我再带上您著的《相马经》，一定会找到千里马的！”

伯乐语重心长地说：“相马可不是一件简单的事，不是说说就能领会的。你想去实践一下也好，也许从中能得到点启示。”

伯乐的儿子带着父亲的《相马经》出发了。

走了一个多月，经过了许多地方，伯乐的儿子四处寻找千里马。②每到马市，他就拿出父亲的《相马经》对照，看是不是高额头、圆眼睛、粗蹄子。

有一天，还真让他找到了一匹和《相马经》上说的很相似的马。

于是，他高高兴兴地买了马，骑上它就往家里赶，想赶快让父亲看看，想不到还没走出百里，那匹马就倒地而死。他只好步行回到家里，这次，他的确心服口服了。

①语言描写

伯乐的儿子以为只要知道这些知识以及带上《相马经》就能找到千里马，体现了他非常自以为是。

②叙述说明

伯乐的儿子只会按照书本上讲的来相马，说明他没有真才实学。

精华赏析

伯乐的儿子认为找千里马非常简单，可是后来发现并非如此。这个故事告诉我们做事要从客观实际出发，要重视实践，而不能一味照搬书本上的知识。

延伸思考

1.伯乐的儿子最后找到一匹什么样的马？

2.这则故事告诉我们一个什么道理？

相关评价

有些事情看起来简单，但是做起来却不那么容易。我们有时就像文中伯乐的儿子一样，觉得有些事情并没有人们说得那么难，觉得自己非常了不起，其他人都不如自己，但是当我们动手去做事时，才发现自己是眼高手低。这种情况是一种比较常见的现象，为了避免这种现象的发生，我们应该多多动手。

当然我们也要明白书本上说的不一定全是对的，尽信书不如无书。在了解了书上所说的内容之后，我们应该通过实践来证明书本上的观点，这样不但可以提高自己的动手能力，还能让自己对这个知识了解得更加透彻。

越石父

名师导读

晏子是齐国的宰相，他待人很好。那么，让我们来看看他是怎样对待一个名叫越石父的奴仆的吧……

齐国的相国晏子出使晋国完成公务以后，在返国途中路过赵国的中牟，[①]远远地瞧见有一个人头戴破毡帽，身穿反皮衣，正从背上卸下一捆柴草，停在路边歇息。走近一看，晏子觉得此人的神态、气质、举止都不像个粗野之人，纳闷他为什么会落到如此寒碜的地步。于是，晏子让车夫停止前行，并亲自下车询问："你是谁？是怎样到这儿来的？"

那人如实相告："我是齐国的越石父，三年前被卖到赵国的中牟，给人家当奴仆，失去了人身自由。"

晏子又问："那么，我可以用钱物把你赎出来吗？"

越石父说："当然可以。"

于是，晏子就用自己车左侧的一匹马做代价，赎出了越石父，并同他一道回到了齐国。

晏子到家以后，没有跟越石父告别，就一个人下车径直进屋去了。这件事使越石父十分生气，他要求与晏子绝交。晏子百思不得其解，派人出来对越石父说：[②]"我过去与你并不相识，你在赵国当了三年奴仆，是我将你赎了回来，使你重新获得了自由。应该说我对你已经很不错

❶心理描写

晏子看到这人不像个粗野之人，便好奇他为什么会落到这个地步。

❷语言描写

晏子认为自己对越石父很不错，所以他感到很困惑，说明他并不知道自己错在哪儿。

了,为什么你这么快就要与我绝交呢?”

越石父回答说:①“一个自尊而且有真才实学的人,受到不知底细的人的轻慢,是不必生气的;可是,他如果得不到知书识礼的朋友的平等相待,他必然会愤怒!任何人都不能自以为对别人有恩,就可以不尊重对方;同样,一个人也不必因受惠而卑躬屈膝,丧失尊严。晏子用自己的财产赎我出来,是他的好意。可是,他在回国的途中,一直没有给我让座,我以为这不过是一时的疏忽,没有计较;现在他到家了,却只管自己进屋,竟连招呼也不跟我打一声,这不说明他依然在把我当奴仆看待吗?因此,我还是去做我的奴仆好,请晏子再次把我卖了吧!”

①语言描写 越石父认为晏子的这些行为只能说明他依然把自己当奴仆看待,所以他很生气,表现了越石父是一个有尊严、有骨气的人。

晏子听了越石父的这番话,赶紧出来对越石父施礼道歉。他诚恳地说:“我在中牟时只是看到了您不俗的外表,现在才真正发现了您非凡的气节和高贵的内心。请您原谅我的过失,不要弃我而去,行吗?”从此,晏子将越石父尊为上宾,以礼相待,渐渐地,两人成了相知甚深的好朋友。

晏子与越石父结交的过程说明:②为别人做了好事时,不能自恃有功,傲慢无礼;受人恩惠的人,也不应谦卑过度,丧失尊严。谁都有帮助别人的机会,谁也都会遇到需要别人帮助的难题。只有大家真诚相处,平等相待,人间才有温暖与和谐。

②议论 这个故事告诉我们一个道理:帮助别人之后不能傲慢无礼;而受人恩惠之后也不必卑躬屈膝,要有尊严。

本文讲述了越石父因为觉得自己不受晏子尊重而决定跟他

绝交的事情。这个故事告诉我们一个道理：帮助别人之后不能傲慢无礼，而受人恩惠之后也不必卑躬屈膝，要有尊严。

延伸思考

1.越石父为什么决定跟晏子绝交？

2.这个故事告诉我们一个什么道理？

相关评价

越石父虽然是一个地位低下的人，但是他在和晏子交往的过程中，因为晏子的轻视而生气，说明他是一个有尊严的人，希望晏子能够平等地对待自己。虽然在那个年代人们的地位有悬殊，但是越石父能够不妄自菲薄，不因世俗的观念而轻视自己，有着高贵的内心，这都是非常难能可贵的。我们应该向越石父学习，不管身处什么环境，不管面对的是怎样的人，我们都应该不卑不亢，保持自己的尊严。

在人与人交往的过程中，应该平等对待每一个人。每个人都有需要别人帮助的时候，每个人也有机会帮助到别人。只有大家真诚相待，互相帮助对方，我们的生活才会更加美好。

围魏救赵

名师导读

《围魏救赵》,出自《史记·孙子吴起列传第五》。我们来了解一下这究竟讲述了一个怎样的故事吧……

❶叙述说明 点明了事件的开端,即赵国被魏军包围,当时的情况非常危急。

❷语言描写 孙膑献了围魏救赵这个妙计,突出他的机智,有谋略。

战国时期,魏国派军队进攻赵国。[①]魏国的军队很快包围了赵国首都邯郸,情况十分危急。赵国眼看抵挡不住魏国的攻势,赶紧派人向齐国求救。

齐国大将田忌受齐王派遣,准备率兵前去解救邯郸。这时,他的军师孙膑赶紧劝他说:“要想解开一团乱麻,不能用强扯硬拉的办法;要想制止正打斗得难分难解的双方,不宜用刀枪对他们一阵乱砍、乱刺;要想援救被攻打的一方,只需要抓住进犯者的要害,捣毁它空虚的地方。眼下魏军全力以赴攻赵,精兵锐将势必已倾巢出动,国内肯定只剩下一些老弱残兵,魏国此时国内势必空虚。[②]如果我们此时抓住时机,直接进军魏国,攻打魏国都城大梁,魏军必定会回师来救,这样,他们撤走围赵的军队来顾及首都的紧急情况,我们不是就可以替赵国解围了吗?”

一席话说得田忌茅塞顿开,他十分赞赏地说:“先生真是英明高见,令人佩服。”

孙膑接着又补充说:“还有一点,魏军从赵国撤回,长途往返行军,必定疲惫不堪。而我军则趁此时机,以逸待劳,只需在魏军经过的险要之处布好埋伏,一举打败他们不在话下。”

田忌叹服孙膑的精辟分析，立即下令按孙膑的策略行事，直奔魏国首都大梁，而且把要攻打大梁的声势造得很大，暗中却在魏军回师途中设下埋伏。

果然，[1]魏军得知都城被围，慌忙撤了攻赵的军队回国。在匆忙跋涉的途中，人马行至桂陵一带，此时齐军擂鼓鸣金，冲杀出来。魏军始料不及，仓皇抵御，哪里战得过有着充分准备的齐军？魏军被杀得丢盔弃甲，还没来得及解救都城，便几乎全军覆没了。[2]这次战争，齐军大获全胜，赵国也得到了解救。

❶ **概述**

围魏救赵的计策成功了，魏军果然撤军了。

❷ **叙述说明**

点明了事件的结局，即齐军大获全胜，赵国也被解救了。

精华赏析

本文讲述了齐国采取围魏救赵的办法帮助赵国解围的历史故事，告诉我们要以逆向思维的方式来解决问题。

延伸思考

1.齐国是怎样解救赵国的？

2.这则故事告诉我们什么道理？

相关评价

当我们采用一个方法无法实现我们的愿望或目标时，我们应该想其他的办法，通过迂回的方法来实现愿望或目标。同时在分析问题的时候，一定要透过现象看本质，抓住问题的关键，这样困难就会迎刃而解。不管做什么事情，要先熟悉和了解事情，否则就很难解决问题。

滥竽充数

名师导读

《滥竽充数》出自韩非子的《韩非子·内储说上》，让我们来学习这篇寓言故事吧……

---

❶叙述说明

解释了齐宣王总是让这300个乐师一起合奏的原因，即他喜欢热闹，爱摆排场，给了南郭先生可乘之机。

❷叙述说明

说明了南郭先生每次是怎样蒙混过关的，即他混在乐队里面跟别人做一样的动作。

古时候，齐国的国君齐宣王爱好音乐，尤其喜欢听吹竽，手下有300个善于吹竽的乐师。①齐宣王喜欢热闹，爱摆排场，总想在人前显示做国君的威严，所以每次听吹竽的时候，总是叫这300个人在一起合奏给他听。

有个南郭先生听说了齐宣王的这个癖好，觉得有机可乘，是个赚钱的好机会，就跑到齐宣王那里去，吹嘘自己说："大王啊，我是个有名的乐师，听过我吹竽的人没有不被感动的，就是鸟兽听了也会翩翩起舞，花草听了也会合着节拍颤动，我愿把我的绝技献给大王。"齐宣王听得高兴，不加考察，很痛快地收下了他，把他也编进那支300人的吹竽队中。

这以后，南郭先生就随那300人一块儿合奏给齐宣王听，和大家一样拿优厚的薪水和丰厚的赏赐，心里得意极了。

其实南郭先生撒了个弥天大谎，他压根儿就不会吹竽。②每逢演奏的时候，南郭先生就捧着竽混在队伍中，人家摇晃身体他也摇晃身体，人家摆头他也摆头，脸上装

注释

翩翩起舞：形容轻快地跳起舞来。

出一副动情忘我的样子，看上去和别人一样吹奏得挺投入，还真瞧不出什么破绽来。南郭先生就这样靠着蒙骗混过了一天又一天，不劳而获地白拿薪水。

可是好景不长，过了几年，爱听竽合奏的齐宣王死了，他的儿子齐湣王继承了王位。齐湣王也爱听吹竽，可是他和齐宣王不一样，认为300人一块儿吹实在太吵，不如独奏来得悠扬逍遥。于是齐湣王发布了一道命令，要这300个人好好练习，做好准备，他将让这300人轮流来一个个地吹竽给他欣赏。[1]乐师们都积极练习，想一展身手，只有那个滥竽充数的南郭先生急得像热锅上的蚂蚁，惶惶不可终日。他想来想去，觉得这次再也混不过去了，只好连夜收拾行李逃走了。

❶ **比喻**

齐国换了国君，南郭先生知道这次不能蒙混过关了，便慌了手脚。

精华赏析

南郭先生不会吹竽，却能在乐队里蒙混过关。后来齐国换了国君，南郭先生便着急了，最后只好逃走了。这个故事告诉我们一个道理：那些弄虚作假的人手段再高明，也无法蒙混一世，早晚会露出破绽，做人要有真材实料。

延伸思考

1.齐宣王时南郭先生是怎样蒙混过关的？

2.这个故事告诉我们一个什么道理？

相关评价

我们应该做一个有真才实学的人，不应该滥竽充数。

不相称的伙伴

名师导读

鳄鱼和水鹬是一对伙伴，有了问题相互解决，得了恩惠互相报答，那么这篇文章中的鳄鱼得了恩惠后是怎样报答水鹬的呢……

鳄鱼爬到河边，一只水鹬飞来给它剔牙齿，这在它们看来是习以为常的事。[①]鳄鱼安静地伏着，半闭着眼睛，张开口，水鹬用它尖利的嘴，轻巧地剔除鳄鱼牙缝里面的残渣，啄掉牢固地叮在牙龈上的水蛭。这时候，鳄鱼总是激动得泪流满面。

①动作描写　水鹬啄掉鳄鱼牙龈上的水蛭，因此水鹬帮了鳄鱼一个大忙。

"我亲爱的朋友，"鳄鱼流着泪水说，"你给了我很大的帮助，啄掉了我牙龈上那些该死的水蛭。给我啄吧，我不会薄待你的。我没有忘记在牙缝里给你留下一些食物的残渣，让你吃得很饱。我们的友谊是牢不可破的，我们的关系是建立在真正平等互利的基础上的。"

"您太谦虚了，"水鹬说，"我作为您的伙伴是很不够格的。主要是您对我的恩惠，使我得到这么丰美的食物。如果我的服务能使您满意的话，我将感到非常的荣幸。"

它们就这样结成了亲密的伙伴。

有一天，水鹬剔完鳄鱼的牙齿以后，鳄鱼问道：[②]"我的朋友，你吃饱了没有？"

"谢谢您，"水鹬说，"我已经很饱了。"

"但是我却很饿。"鳄鱼说，"我还没有吃午餐呢！"

②对话描写　鳄鱼没有吃饱，便觊觎水鹬，撒谎让水鹬又钻到自己的嘴里，突出了鳄鱼的狡诈、阴险、忘恩负义，而水鹬则很单纯、善良。

“真的？”水鹬非常同情地说，“这可怎么办呢？您给了我这么多吃的，很抱歉，我却没有一点儿办法帮助您。”

“不，”鳄鱼说，“你是很有用的，现在只有你能够帮助我。——来，你再来给我看看里边这个牙齿，这儿似乎还有一条水蛭。”

水鹬小心翼翼地伸过头去。①鳄鱼用非常利索的动作，一张口就把水鹬衔住了，连脚尖尾巴也没有露出一点儿在嘴外面。鳄鱼不动声色地闭着嘴巴，并不担心它的朋友会有什么挣扎或抗议。现在鳄鱼只是用它慈悲的眼睛，十分警觉地环视着四周，希望不致惊动可能同它合作的新伙伴。

①动作描写 鳄鱼利索地把水鹬吃掉了，突出了它的贪婪。

精华赏析

水鹬帮助鳄鱼将它嘴里的水蛭都啄掉了，可是鳄鱼最终却将水鹬吃掉了。这个故事告诫我们交友要慎重，不要轻易相信别人。

延伸思考

1.文中的鳄鱼是什么样的本性？

2.这则故事告诉我们一个什么道理？

相关评价

有的人在你有利用价值的时候，就甜言蜜语哄骗你。这个时候我们需要擦亮眼睛，不能被他人伪善的笑容和虚伪的话所欺骗，一定要看清对方是否真心。否则就像文中的水鹬一样，被鳄鱼吃了还没有明白到底发生了什么。

苏代劝诫孟尝君

名师导读

孟尝君，名田文，战国时齐国贵族，战国四公子之一。一次，他要去秦国，门客纷纷前来劝阻。苏代也是来劝谏的门客之一，那他是怎么劝说孟尝君的呢？让我们一起来学习吧……

孟尝君喜欢招贤纳士，他的家里养着许多门客。一次，门客们听说孟尝君要去秦国，纷纷前来劝阻，无奈何都不能说动他。

被劝得烦了，孟尝君竟动起怒来，把门客们统统轰出去，闭门谢客。

门客们深知孟尝君的脾气，也拗不过他，但一个个心里都焦急不安。①因为秦国当时雄踞一方，地势险恶，乃是非之地，恐怕孟尝君此去凶多吉少。

> ❶叙述说明　解释了孟尝君此次前去秦国凶多吉少的原因，即秦国当时雄踞一方，地势险恶，乃是非之地。

门客中有一位叫苏代的，决定去劝诫孟尝君。众门客摇头：“他不会见你的，何必自讨没趣呢？”

苏代转念一想，有了主意。

苏代到了孟尝君府上，叩门求见孟尝君。孟尝君听说又是门客来访，拒之不见。

苏代又叩门请求仆人转告孟尝君，不是为去秦国之事而来。

孟尝君让仆人回话：②“世上的事没有我不知道的，莫非为阴间的事而来？还是请回吧。”苏代让人传话说：“正

> ❷对话描写　孟尝君这样说显得有些恃才傲物，而苏代巧妙的回答则说明他很机智。

是为了阴间的事情而来访。”孟尝君无奈，只好请苏代进府。待苏代落座后，孟尝君问道：“你到底要说什么事？”苏代说：“昨天晚上我从城外回家，路过一片树林时，看到月光下有两个人在谈话。走近一看，原来并不是如我们一样的阳世之人，而是一个木头做的偶像，一个泥巴做的偶像。木偶对泥偶说：‘我们现在站在这里可以有说有笑，如果天气不好，下起连绵的大雨，洪水猛涨，你的泥身一被雨水打湿就不成样子了。’泥偶不愿意听这样不吉利的话，瞪了木偶一眼说：‘我遇到狂风暴雨的摧残，最多化成泥巴，你却可能被洪水冲得无影无踪，岂不更惨！’”

苏代随之话题一转，对孟尝君说：①“先生可知秦国方面的形势？先生若去秦国，凶险如木偶赴洪水。望先生再三斟酌。”

①**语言描写** 苏代以木偶赴洪水的事例来告诫孟尝君此次前去秦国的危险，侧面反映了苏代谋略过人。

孟尝君终于放弃了去秦国的想法。

精华赏析

孟尝君准备前往秦国，门客纷纷前来劝诫，这引起了孟尝君的愤怒，唯独苏代以木偶赴洪水的事例劝服了他，表现了苏代机智过人、有谋略。

延伸思考

1.苏代是一个怎样的人？

2.苏代是怎样劝服孟尝君的？

相关评价

忠言逆耳利于行，我们不要只听好听的话，而不听不喜欢听的正确的话。

义鹊怜孤

名师导读

大自然中也有许多令人感动的故事,这也包括喜鹊。让我们来看看喜鹊是怎样帮助同类的吧……

❶环境描写 点明了喜鹊们生活的环境,侧面反映了它们生活得很幸福。

①很久很久以前,在大慈山的南面有一棵大树。树干有两围粗,树枝壮实,树叶宽大。

有两只喜鹊飞到这棵大树上忙着筑巢,它们就要做母亲了。过了不久,两只喜鹊各自生下了小喜鹊,两个家庭热热闹闹,日子过得又温馨又红火。喜鹊妈妈每天飞出去找食,回来后,一口一口喂给孩子们吃。喜鹊妈妈虽然十分辛苦,可心里觉得很幸福。

过了不久,发生了一件很不幸的事情。一位喜鹊妈妈在出外觅食时被老鹰叼走了,再也回不来了。它那两个可怜的孩子已经一天一夜没吃东西,也没见到它们的妈妈回来。失去妈妈的小喜鹊十分悲哀地哭呀、哭呀,那声音十分凄凉。

❷语言描写 喜鹊妈妈听到邻居的小喜鹊哭得很伤心,想过去看看,表现了喜鹊妈妈的善良。

小喜鹊的哭声传到邻居喜鹊家里,这家的妈妈对自己的孩子们说:②“你们听,我们邻居家的小喜鹊哭得多伤心啊!我过去看看,你们乖乖地在家待着别动,等我回来!”说完,喜鹊妈妈离开了自己的孩子们,很快飞到了喜鹊孤儿的家中。

看到邻居家的喜鹊妈妈,两只小喜鹊哭得更伤心了,它们向邻居家的喜鹊妈妈哭诉自己可能失去了妈妈。邻居家的喜鹊妈妈怜悯地抚摸着小喜鹊说：[1]“孩子们，别哭了！今后我就是你们的妈妈，你们就是我的孩子！走，到我们家去吧！”于是喜鹊妈妈把这两只小喜鹊一只只叼起来，放进自己的巢里，还嘱咐自己的孩子，要好好和这两只小喜鹊一起生活、玩耍。现在，它们的家虽然有些挤，但大家相亲相爱，过得也很快乐。失去了妈妈的两只小喜鹊受到这位喜鹊妈妈的照顾，它们也把这里当作了自己的家。喜鹊妈妈的生活负担增加了一倍，它每天更辛苦了，可它毫无怨言。

❶**语言描写** 喜鹊妈妈把邻居的孩子当作自己的孩子来对待，体现了它很善良，很有爱心。

精华赏析

喜鹊妈妈知道邻居的小喜鹊已经失去了妈妈，便把它们当作自己的孩子，体现了喜鹊妈妈的善良和爱心，同时也批评一些人连禽兽都不如。

延伸思考

1.喜鹊妈妈是怎样对待邻居的孩子的？

2.这个故事批评了哪些人？

相关评价

即使是喜鹊看到邻居家孩子失去母亲之后，都会产生同情之心，并不辞辛苦地照顾这些小喜鹊。说明人间自有真情在，连动物都是如此，何况我们人类呢？我们也应该相互关心，相互友爱，在他人遇到困难的时候，主动伸出援助之手。

清廉的公孙仪

名师导读

公孙仪是鲁国的宰相，他很喜欢吃鱼，但是有人送鱼给他，他又不要，为什么呢？让我们来看看是什么原因吧……

❶叙述说明 公孙仪是鲁国的宰相，他很喜欢吃鱼，引出下文有人因此送鱼给他的事情。

①鲁国有一位宰相叫公孙仪，公孙仪喜欢吃鱼是出了名的。

身为宰相，有职有权，当然会有人奉承和巴结他，但公孙仪非常清正廉洁。他有着非常清醒的头脑，对于那些有目的结交他的人，从来有着自己的原则。

鲁国中的人时常为了谋求个人的一些利益讨好他，争先恐后地买了鱼来送给他。可是，每次有人送鱼来，都被挡在门外，来人最后不得已，只好把鱼带回去。

公孙仪的弟弟把哥哥的举动看在眼里，记在心里。有一天，公孙仪的弟弟忍不住问哥哥：

②“兄长，我真弄不懂，你不是很喜欢吃鱼吗？他们既然诚心诚意送给你，你为什么不收呢？”

❷对话描写 公孙仪的弟弟对公孙仪的行为很不解。公孙仪告诉他不收鱼是因为害怕欠别人人情，不想徇私枉法，体现了他的清廉、公正。

公孙仪笑了，他拍了拍弟弟的肩膀，说：

“是呵，我就是因为喜欢吃鱼才不能收人家送来的鱼。”

弟弟更不解了：

“那为什么？”

公孙仪说：

“你想想看，如果收了人家的鱼，就欠了人家一份人情；欠了人家的人情就要为人家办事。人家就是因为有难办的事、不合章法的事，才会舍弃钱财来托这个人情。我收人家的礼，为人家办不该办的事，岂不是徇私枉法？”

弟弟虽然也点头称是，但总觉得兄长说得未免过于严重，于是，他不在乎地说：

“兄长实在是把事情看得过于大了，其实不过是一点儿小事，吃人家送的鱼未必能和徇私枉法联系在一起。再说，亲朋好友托人说情也是人之常情，算不了什么。”

读书笔记

公孙仪板起面孔，十分严肃地说：

“别的没什么，可那样我以后就吃不成鱼了。”

弟弟想了想，还是不懂，问道：

“这是为什么？”

公孙仪认真地说：

①“收了人情，为人办违反法规的事，便会丢官；丢了官还会有人送鱼给我吗？现在我不收人家的鱼，至少我可以自己买鱼来吃，而且心安理得。你说说看，怎样做更好？”

①语言描写 公孙仪不愿因为收了人情而丢了官，他做事但求心安理得。

精华赏析

公孙仪喜欢吃鱼，有人送鱼给他，他却不要，原因是害怕欠别人人情，担心因此丢了官。公孙仪做事但求心安理得，是一个清正廉洁的好官。

延伸思考

公孙仪为什么不愿收别人送来的鱼？

相关评价

天下没有免费的午餐，不要想着白白得到他人的东西，却不付出。

庖丁解牛

庖丁为梁惠王宰牛，他的技术达到非常高超的地步。让我们来了解一下他是如何练成这么高超的技术的……

❶比喻

将庖丁宰牛时的声音比作音乐，生动地表现了那声音的美妙；将他的动作比作舞蹈，突出他的动作很有节奏感，表明了庖丁的技术非常高超。

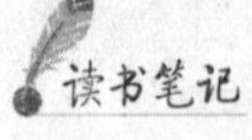

庖丁为梁惠王宰牛。[1]手到的时候、肩倚的时候、脚踩的时候、膝顶的时候，那声音十分和谐，就跟美妙的音乐一样，和于尧时的《经首》旋律；那动作也很有节奏，就像优美的《桑林》舞蹈。

梁惠王看得出了神，称赞说："哈，好啊！你的技术是怎么达到这样高超的地步的呢？"庖丁放下刀对梁惠王说："我喜欢探求的是道，比一般的技术又进了一步。我开始解剖牛的时候，看到的无非是一头整牛，不知道牛身体的内部结构，不知道从什么地方下手。三年以后，我眼前出现的是牛的骨缝空隙，就不再是一头整牛。到了今天，我宰牛就全凭感觉了，不需要再用眼睛看来看去，就能知道刀应该怎么运作。牛的肌体组织结构都是有一定规律的，我进刀的地方都是肌肉和筋骨的缝隙，从不碰牛的骨头，更不说碰大骨头了。技术高明的厨师，一年换一把刀，因为他是用刀割；一般的厨师，一个月就更换一把刀，因为他是用刀砍。而我宰牛的这把刀，已经用了十九

注释

高明：指秉性高亢明爽；高超明智；富贵、势位高的人。

年，所宰的牛，已经有几千头，然而刀口锋利得仍然像刚在磨石上磨过一样。这是为什么呢？[①]因为牛的肌体组织结构之间有空隙，而刀口与这些空隙比起来，薄得好像一点厚度也没有。用没有厚度的刀在有空隙的肌体组织间运行，当然绰绰有余啰！所以十九年过去，我的刀还跟新的一样。虽然我的技术已达到了这种程度，但我在宰牛的时候，还是丝毫不敢马虎，总是小心翼翼、心神专注，进刀时不匆忙，用力时不过猛，牛体迎刃而解，牛肉就像一摊泥一样从骨架上滑落到地上。这时，我才松下一口气来，提刀站立，环视一下四周，心满意足地把刀揩拭干净，收藏起来。”

梁惠王听了，高兴地说：[②]“好极了，听了你的这一席话，我从中悟到了修身养性的道理。”

①叙述说明

解释了庖丁的宰牛刀依然这么锋利的原因，即庖丁非常清楚牛的肌体组织结构。

②语言描写

梁惠王从庖丁解牛的原理中有了自己的所得。

精华赏析

庖丁为梁惠王宰牛，并告诉梁惠王自己的技术达到这种地步的原因，这使梁惠王悟出了修身养性的道理：即做事情要经过反复实践，掌握事物的客观规律，才能得心应手。

延伸思考

1.庖丁的技术为什么会达到如此高超的地步？

2.梁惠王从庖丁的话中悟出了什么道理？

相关评价

做一件事情做了许多遍之后，就会无比熟练。

明眼与明言

名师导读

有时候眼睛看到的却不能跟别人讲，那么文中的人讲了他们所见的事情，给他们带来了什么后果呢？我们来看看吧……

❶**叙述说明**

交代了故事的开端，郑武公想吞并胡国，便设计了一个计谋，那他的计谋是什么呢？引出下文。

❷**语言描写**

武公称胡国和本国缔结了很好的关系，突出他的狡诈。

[1]郑武公一直想吞并胡国，但是，他深知胡国防范很严，对自己素怀警戒，于是，便精心设计了一个长远的计谋。

郑武公先是与胡国君主结下儿女亲家，将女儿嫁给胡国君主之子，博得了胡国君主的信任。

过了一段时间，郑武公又故意张扬练兵以待出征，并有意征询臣子们的意见："我若出征，先出兵何地？"一位叫关其思的大夫直言道："当然是先取胡国！"武公闻言，勃然大怒，命手下人将其斩首，并扬言：[2]"胡国与我国已结秦晋之好，怎可大动干戈？日后如果再有人劝我攻打胡国，一律不饶！"

此事惊动四方，传到胡国，胡国君主从此对武公倍加信任，不再如往日一般防卫了。

不久，郑武公估计胡国毫无警备，便趁机攻打，一举攻占了胡国。

先前被武公杀死的关其思大夫的亲友对武公之言行甚为不解，因此，特向一位贤人请教。

那位贤人先讲了一个故事：

宋国有一位大财主，家私万贯。有一天，他家的后院墙因连日阴雨而坍塌了一片。

雨过天晴，财主和儿子正在颓墙边查看，一邻居路过，插言道：①“此墙如不尽快修复，很可能被小偷利用。”

刚巧，那天夜里财主家果真来了贼，偷走了不少东西。事后，那位财主对儿子说：“事情怎么会如此凑巧？说不定偷东西的不是别人，正是那位邻居。”

关其思的亲友听了贤人的故事，仍不得其解，说道：“还望贤人明示。”

贤人捋了捋胡子说：②“两件事说的是同样的道理。关其思因看透了武公蓄谋已久要攻打胡国，所以，在问询之下，坦率直言，遭杀身之祸。那位邻居也是一眼看破其利害而直言不讳，反被怀疑。由此可见，眼睛能看明白的事，嘴里不一定要明明白白地说出来。”

❶语言描写　这个邻居劝诫财主和儿子应该把墙补好，否则会被小偷利用，表明他很善良。

❷语言描写　贤人的话阐明了一个道理，点题。

精华赏析

郑武公想攻打胡国，因此想了一个计策，而他的一名大夫说出了他的野心，却招致了杀身之祸。一位贤人便以一个故事来阐明这件事情，并告诉了我们一个道理，即眼睛能看明白的事，嘴里不一定要明明白白地说出来。

延伸思考

1.郑武公设计了什么计策来取胡国？

2.这个故事告诉我们一个什么道理呢？

相关评价

有些事情我们即使明白也不能说出来，这也说明我们要懂得见机行事，不能做一个没有思想的人。

本领不分大小

名师导读

本领是不分大小的，每个人都是有用处的。我们来看看文中这个人有什么本领。

公孙龙是个有学问的人，他手下有不少弟子，个个都身怀技艺。公孙龙在赵国的时候，曾对他的弟子们说：[①]“我喜欢有学识、有本领的人，没有本领的人，我是不愿和他在一起的。”

❶语言描写 公孙龙只想结识有本领的人，突出他善于广纳贤才。

有个人听说了公孙龙，便前来求见，要求公孙龙收他做弟子。公孙龙见那人相貌平平，粗布衣帽，便问：“我不结交没有本领的人，不知你有什么本领？”

那人说：“大的本事我没有，只是我有一副好嗓门，我能喊出很大的声音，使离得很远的人都能听到。一般没有人能像我一样。”

公孙龙回头问他的弟子们：“你们中间有没有喊声很大的人？”

[②]弟子们争相回答说：“我们都能大声喊。”说着还用眼斜瞟着那个前来求见的人，显出一种不屑的眼神。

❷细节描写 公孙龙的弟子对那个前来求见的人的态度说明他们瞧不起那个人。

那人说：“我喊出的声音之大，非常人可比。”

公孙龙很有兴趣地说：“那你们比试比试。”

于是弟子们推选了他们之中喊声最大的一个做代表，与那人一起走到五百步开外的一座小丘背后，向公孙龙这边喊话。结果，除了那个人的声音外并未听见弟子的半点声响。于是公孙龙把那人收留下来。[1]可是,弟子们依然不免暗暗发笑,喊声大又算什么本领,喊声大派得上什么用场呢?老师是斯文人,难道要找个一天到晚替自己吵架、吼叫的人吗?弟子们都不以为然。

过了不久,公孙龙到燕国去见燕王,他带着弟子们上路了。走了一段路,不料碰到一条很宽的大河。可是河的这一边见不到船,远远望那河对岸,却停着一只小船,艄公蹲在船尾正无事可干。

公孙龙马上吩咐那个刚收留的大嗓门弟子去喊船。那弟子双手合成喇叭状,放开嗓子大喊道:"喂……要船啦……"[2]喊声亮如洪钟,直达对岸。那对岸船上的艄公站起身来,喊声的余音还在河两岸回响,以致慢慢传到很远很远的地方。

对岸那只船很快摇了过来,公孙龙一行人上了船,原先那些不以为然的弟子都深深佩服老师及那位新来的朋友。

①心理描写

弟子们都觉得那个人的喊声大不算本领,他们嘲笑、讽刺那个人。

②比喻

那个人的喊声像洪钟一样响亮,这时他的嗓门终于派上用场了。

精华赏析

有个人凭借自己的大嗓门成了公孙龙的弟子,但是其他的弟子都觉得他的喊声大不算本领。最后他的大嗓门派上了用处,才使他们心服口服。这个故事告诉我们,本领是不分大小的。

延伸思考

新来的人有什么本领呢?

相关评价

每个人所擅长的领域不一样,不要瞧不起他人的长处,每个长处都有自己的作用。

五十步笑百步

孟子是儒家代表人物之一，他主张民贵君轻的思想。让我们来看看他是怎样告诫梁惠王来体恤百姓的吧……

梁惠王好驱使百姓与邻国打仗。有一次梁惠王召见孟子，道："我在位，对于国家的治理，可以说是尽心尽力的了。[①]河内(今河南省黄河北岸)常年发生灾荒，收成不好，我就把那里的一部分老百姓迁移到收成较好的河东去，并把收成较好的河东地区的一部分粮食运到河内来，让河内发生灾荒地区的老百姓不至于饿死。有时河东遇上灾年，粮食歉收，我也是这样，把其他地方的粮食调运到河东来，解决老百姓的无米之炊。我也看到邻国当政者的做法，没有哪一个像我这样尽心尽力替自己的老百姓着想的！然而，邻国的百姓没有减少，而我的百姓也没有增多，这是什么原因呢？"

孟子回答说：[②]"大王喜欢打仗，我就用打仗来打个比方吧。战场上，两军对垒，战斗一打响，战鼓擂得咚咚响，作战双方短兵相接，各自向对方奋勇刺杀。经过一场激烈拼杀后，胜方向前穷追猛杀，败方就有人丢盔弃甲，拖着兵器逃跑。那逃跑的士兵中有的跑得快，跑了一百步停下来了；有的跑得慢，跑了五十步停下来了。这时，跑得慢的士兵却为自己只跑了五十步就嘲笑那些跑了一百

①语言描写 梁惠王为本国的老百姓尽心尽力，极力解决他们的困难。

②对话描写 孟子采用打比方的手法，批评那些五十步笑百步的士兵。他以这个例子来告诫梁惠王看事情要看本质，不要被表象迷惑，要从根本上体恤人民，突出孟子很机智、善于言辞。

步的士兵是胆小鬼，您认为这种嘲笑是对的吗？”

读书笔记

梁惠王说：“不对，他们只不过没有跑到一百步罢了，但是这也是临阵脱逃啊！”

孟子说：“大王如果明白了这其中的道理，那么就无须再希望您的国家的老百姓比邻国多了。”

精华赏析

孟子以五十步笑百步的例子来帮梁惠王解惑，并告诫他要透过现象看本质，语言言简意赅、通俗易懂。

延伸思考

1.梁惠王是怎样为百姓尽心尽力的？

2.孟子怎样帮梁惠王解惑的？

相关评价

有些人明明和其他人一样有着同样的弱点或是缺点，但是却因为自己的弱点或缺点不那么明星，就嘲笑别人。这种人只能看到他人的弱点或缺点，却看不到自己的弱点或是缺点，所以会做出一些错误的判断。这个故事同时也说明人总是难以认清自己。只有对自己足够了解的人，才能更加客观地看待周围的人和事。

故事中孟子用非常巧妙的方法来劝说梁惠王，体现出了孟子巧妙的论辩技巧和高超的论辩水平。这也告诉我们在劝说人的时候要讲究说话技巧，这样才比较能够让人接受。

抱薪救火

《抱薪救火》是一个故事，文中苏代究竟为什么要讲这个故事呢？我们来了解一下吧……

---

❶叙述说明

交代了事件的起因，秦国又向魏国出兵。

战国末期，秦国向魏国接连发动大规模的进攻，魏国无力抵抗，大片土地都被秦军占领了。①到公元前273年，秦国又一次向魏国出兵，势头空前猛烈。

魏王把大臣们招来，愁眉苦脸地问大家有没有使秦国退兵的办法。大臣们由于经过多年的战乱，提起打仗就吓得哆嗦，谁也不敢谈“抵抗”二字。在这大兵压境的危急时刻，多数大臣都劝魏王，用黄河以北和太行山以南的大片土地为代价，向秦王求和。

谋士苏代听了这些话，很不以为然，忙上前对魏王说：“大王，他们是因为自己胆小怕死，才让您去卖国求和，根本不为国家着想。您想，把大片土地割让给秦国虽然暂时满足了秦王的野心，但秦国的欲望是无止境的，只要魏国的土地没割完，秦军就不会停止进攻我们。”

❷举例说明

苏代以抱薪救火的故事，说明魏国割地求和的害处。

苏代继续讲道：②“从前有一个人，他的房子起火了，别人劝他快用水去浇灭大火，但他不听，偏抱起一捆柴草去救火，是因为他不懂得柴草不但不能灭火反而能助长

注释

愁眉苦脸：皱着眉头，哭丧着脸。形容愁苦的神色。

火势的道理。大王若拿着魏国土地去求和，不就等于抱着柴草救火吗？”

尽管苏代讲得头头是道，但是胆小的魏王只顾眼前的太平，还是依大臣们的意见把魏国大片的土地割让给秦国。到公元前225年，果然秦军又向魏国大举进攻，包围了国都大梁，掘开黄河大堤让洪水淹没了大梁城，魏国终于被秦国灭掉了。

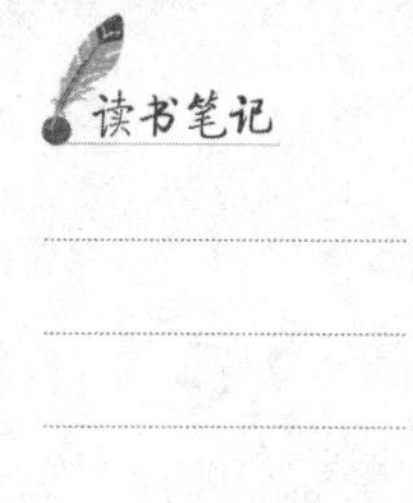

精华赏析

本文讲述了苏代以抱薪救火的故事来告诫魏王割地求和的危害这件事情，告诫我们做事情要考虑后果，不要给自己留下隐患。

延伸思考

1.苏代是怎样劝说魏王的？

2.魏王最后做出了什么决定？

相关评价

采取错误的方式去解决问题不仅吃力不讨好，反倒使问题更加严重。有时可能是我们好心，但是这种好心并没有好结果，是一种愚蠢的做法。所以当我们面临一个问题和困难时，不能急于采取措施，应该认清楚问题的本质后对症下药才能事半功倍，否则就会适得其反。

叶公好龙

名师导读

叶公在家里各个地方都雕刻着、绣着、文着各种龙的形态，甚至梦中都是与龙在戏耍，那么，他见到真龙之后会是什么表情呢？

春秋时代，楚国叶地有个县尹叫沈诸梁，字子高，因自称“叶公”，所以大家都叫他“叶公子高”。

叶公嗜龙成癖在当地是出了名的，可以说是无人不晓、无人不知。①他家中的梁、柱、门、窗、桌、椅、床、柜上都雕着龙，墙上画着龙，帷帐、坐垫、衾枕上绣着龙，甚至连杯、盘、碗、筷等日用器皿上也文着龙样，简直是一个龙的世界。

❶叙述说明　详细介绍了叶公家中龙样众多，表现出叶公对龙的喜爱。

一传十、十传百，叶公爱龙如命的美名终于传到了天上。天上的真龙听说人间有这么一位叶公竟对自己如此喜爱，如此痴迷，真是感动得无法形容。它决定下凡登门拜访，亲自去向叶公表达真挚的谢意。

真龙降临叶公家的时候，叶公正在午睡。②他刚好做了一个梦，梦见自己骑在一条巨龙背上向天空飞去，身边云雾缭绕……忽然，他被一阵“轰隆隆”的雷声惊醒，猛地从床上爬起，朝窗外看去。好家伙！窗外乌云压顶，电闪雷鸣，大雨倾盆，可怕极了。他赶忙去关窗户，不料真龙正巧探进头来，只见它双角耸立，两眼圆睁，好不威风！叶公吓了个半死，拔腿就逃，跌跌爬爬逃进堂屋，又被真

❷叙述　描述叶公的梦境，激发读者的阅读兴趣，引出后文。

龙巨大的尾巴绊了个跟头。他“啊——”地大叫一声，便软瘫在地上失去了知觉，那模样就如同死了一般。

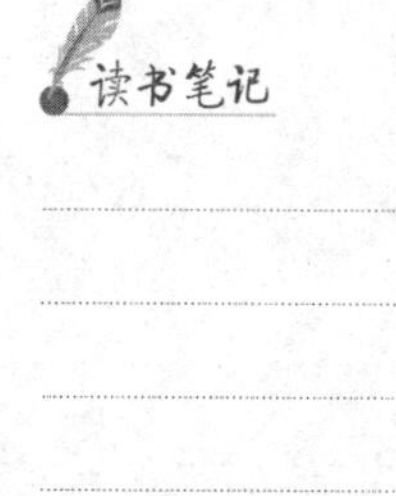

真龙莫名其妙地看着不省人事的叶公，闷闷不乐地飞回天上去了。它兴致勃勃而来，扫兴沮丧而归，到最后也没弄明白自己究竟闯了什么祸。

左邻右舍听说了这件事，都异口同声道：“原来叶公喜爱的是那似龙非龙的假龙，而不是真龙呀！”

精华赏析

本文讲述了叶公在生活中处处表露出自己对龙的喜爱，但是却被真龙给吓晕了的故事。这个故事告诉我们，要丢弃“理论脱离实际”的坏思想、坏作风，树立实事求是的好思想、好作风。

延伸思考

1.叶公是真的喜欢龙吗？

2.真龙怀着什么样的心情回到天上的？

相关评价

这个故事比喻生动，毫不留情地讽刺了叶公式的人物，深刻地揭露了他们“只喊口号却不行动”的行为作风。同时也讽刺了那些名不副实、表里不一的人。

害怕影子的人

每个人都有影子，这是很正常的，但是有个人却很害怕自己的影子。这究竟是怎么回事呢？我们来看看吧……

❶**叙述说明** 这人竟然害怕自己的影子，可见他并不知道这是自己的影子，表现了他的无知与可笑。

[①]有一个人突然得了疑心病似的，走在路上发现总有一个黑影跟着自己，再瞧瞧地上，自己每走一步，还留下一个脚印，于是他心里十分惶恐。他走几步就朝后看看，一串脚印一直连到他的脚下，一个黑影与脚印连在一起。他害怕极了，总想摆脱这个黑影和这些脚印。他紧走慢走，影子也紧跟慢跟，他怎么也摆脱不了它们。

这个人走呀走呀，心烦意乱，内心惶恐。当他路过朋友家门口时，他实在累得很，便进到朋友家里去歇会儿，喘息一下。待他进了朋友家门，发现影子不见了，他这才算长长嘘了一口气，说："这下好了，这下好了。"

朋友见他这般模样，很是奇怪，问他出了什么事。他又不好意思开口说实话，便支吾着说："没什么，没什么，我只是走累了，想在你这里坐会儿。"

读书笔记

跟朋友聊了会儿天，休息了好半天，又见影子、脚印都没有了，这个人准备起身回家。于是他向朋友告辞，出门回家。当他走在路上，发现影子、脚印又出现了，依然是一步不落地紧跟着自己。这一下他可更加害怕了，他使劲地奔跑起来，试图甩掉影子和脚印。可是他跑得越快，影子也跟得越快，他跑的步子越多脚印也越多。他想，①可能是自己跑得不快才甩不掉影子的，于是他更加拼命地跑，一下也不敢停，甚至路过家门口时也不敢回去，因为他害怕把影子和脚印带回家去。他就这样拼命地不停奔跑，最后终于跑得精疲力竭、心力交瘁而死。

②这个人实在是太愚蠢了，只要有光亮就会有影子，没必要产生恐惧，更没必要摆脱它。即使实在不愿看到自己的影子、讨厌自己的脚印，那也只需要往阴处一站就得了，靠跑是不可能摆脱影子和脚印的。

❶**心理描写**

这人竟然觉得因为自己跑得不快才甩不掉影子的，于是他拼命地跑，说明他非常无知。

❷**叙述说明**

这人其实没必要害怕影子，有影子是很正常的。

精华赏析

有一个人因为总是看到有黑影和脚印跟着他便感到害怕，他认为只要跑得快就可以甩掉影子和脚印了，最终跑得精疲力竭而死。说明要解决问题，需找到合适的方法。

延伸思考

1.这个人是怎么死的？

2.这个故事批判了哪类人？

相关评价

当我们遇到困难的时候，切不可慌张，要保持冷静。当人处于惊慌失措的情况下时，会做出一些错误的判断，甚至做出一些荒唐的事情。只有保持冷静，才能看清情况，这样才能针对问题想出解决的方法。每个问题都有适当的解决方法，盲目地应对只会让情况变得更加糟糕。

仁智的孙叔敖

名师导读

小时候的孙叔敖很善良、仁智，是一个好孩子，很受百姓的信赖。让我们来学习他的这些品质吧……

❶ 叙述说明

介绍了孙叔敖的品质，这都是值得我们学习的。

小时候的孙叔敖是一个好孩子，他勤奋好学，尊敬长辈，①孝敬母亲，很受邻里的喜爱。

有一次，孙叔敖外出玩耍，忽然看到路上爬着一条双头蛇。他以前听别人说，谁要是看见双头蛇，谁就会死去。孙叔敖乍一见这条蛇，心中不免一惊。他决定马上把这条双头蛇打死，不能再让别人看见。于是他拾起路边的大石块，砸死了双头蛇，并把它深深地埋起来。

回到家里，孙叔敖闷闷不乐，饭也不吃，一个人坐在油灯前看书发呆。他母亲看到这孩子的情绪有些不对头，便问他道："孩子，你今天是怎么啦？"孙叔敖抬头看了看母亲，摇摇头说："没什么。"然后低下头去，依然无精打采。

母亲伸出手，摸了摸他的额头说："莫不是生病了？"

孙叔敖再也憋不住了，一下扯住母亲的衣袖伤心地哭起来。母亲感到十分诧异，问道："孩子，你到底出了什么事啊，哭得这么伤心？"

孙叔敖边哭边说：②"今天我在外面看到了一条双头

❷ 对话描写

孙叔敖很害怕自己会死，但他怕有人看见双头蛇也会死便把它打死，埋起来了，体现了他的仁智和为他人着想的品质。

注释

闷闷不乐：形容心事放不下，心里不快活。

蛇。听人说,看见这种蛇的人会死去的。要是我死了,我就再也见不到您了……”

母亲边安慰他边问道:“那条蛇现在在哪里呢?”

孙叔敖边擦眼泪边回答说:“我怕再有人看见它也会死去,就把它打死,埋起来了。”

听了孙叔敖的话,母亲很感动,她高兴地摸着孙叔敖的头说:“好孩子,你做得对。你的心眼这么好,你一定不会死的。好人总是有好报的。”

孙叔敖半信半疑地看着母亲,点了点头。

后来,孙叔敖长大成人,由于他的学识、品德好,做了楚国的令尹。他还没正式上任,老百姓就已经很信赖他了。

孙叔敖在面对死亡的时刻,还能为别人着想,后来能取得老百姓的信赖也就不奇怪了。这说明:[1]能为他人着想的人,会受到大家的拥护和信任。

[1] **议论** 总结孙叔敖的例子,告诉我们道理。

精华赏析

孙叔敖看见一条双头蛇,他怕别人看见会死便将它打死并埋了,这体现了他仁智、为他人着想的品质。他的事迹告诉我们一个道理:能为群众着想的人,群众也会拥护和信任他。

延伸思考

1.孙叔敖为什么要把双头蛇打死?

2.这个故事告诉我们一个什么道理?

相关评价

我们要懂得时时为他人着想,做一个心存善良的人。

楚王的宽容

名师导读

作为君王，要有一颗宽容的心，这样才能受人敬仰，被人爱戴。楚庄王就因为有一颗宽容的心，才赢得了将领们的信任。我们来看看是怎么回事吧……

---

❶叙述说明 交代了楚庄王设宴招待群臣的原因，即他打了胜仗。

❷对话描写 楚庄王帮助被拔帽缨的人解了围，突出他宽宏大量、善待将领。

①一次，楚庄王因为打了大胜仗，十分高兴，便在宫中设盛大晚宴，招待群臣，宫中场面热火朝天。楚王也兴致高昂，叫出自己最宠爱的妃子许姬，轮流替群臣斟酒助兴。

忽然一阵大风吹进宫中，蜡烛被风吹灭，宫中立刻漆黑一片。黑暗中，有人扯住许姬的衣袖想要亲近她。许姬便顺手拔下那人的帽缨并赶快挣脱离开，然后许姬来到庄王身边告诉庄王说：②"有人想趁黑暗调戏我，我已拔下了他的帽缨，请大王快吩咐点灯，看谁没有帽缨就把他抓起来处置。"

庄王说："且慢！今天我请大家来喝酒，酒后失礼是常有的事，不宜怪罪。再说，众位将士为国效力，我怎么能为了显示你的贞洁而辱没我的将士呢？"说完，庄王不动声色地对众人喊道："各位，今天寡人请大家喝酒，大家一定要尽兴，请大家都把帽缨拔掉，不拔掉帽缨不足以尽欢！"

于是群臣都拔掉自己的帽缨，庄王再命人重又点亮蜡烛，宫中一片欢笑，众人尽欢而散。

三年后，晋国侵犯楚国，楚庄王亲自带兵迎战。交战中，庄王发现自己军中有一员将官，总是奋不顾身，冲杀在前，所向无敌。众将士也在他的影响和带动下，奋勇杀敌，斗志高昂。这次交战，晋军大败，楚军大胜回朝。

战后，楚庄王把那位将官找来，问他：[1]“寡人见你此次战斗奋勇异常，寡人平日好像并未给过你什么特殊好处，你为什么如此冒死奋战呢？”

那将官跪在庄王阶前，低着头回答说：“三年前，臣在大王宫中酒后失礼，本该处死，可是大王不仅没有追究、问罪，反而还设法保全我的面子，臣深受感动，对大王的恩德牢记在心。从那时起，我就时刻准备用自己的生命来报答大王的恩德。这次上战场，正是我立功报恩的机会，所以我才不惜生命，奋勇杀敌，就是战死疆场也在所不辞。大王，臣就是三年前那个被王妃拔掉帽缨的罪人啊！”

一番话使楚庄王和在场将士大受感动。楚庄王走下台阶将那位将官扶起，那位将官已是泣不成声。

❶ 对话描写　那位将官告诉楚庄王自己奋勇作战的原因，即为了报答楚庄王当年的不杀之恩。

精华赏析

本文讲述了楚庄王因为宽容而赢得将领的信任的故事，以简单的语言来告诉我们为人要宽容。

延伸思考

1.楚庄王是一个怎样的人？

2.那位将官为什么奋勇作战，拼命杀敌？

相关评价

有时候对他人的宽容正是对自己的宽容。

空中楼阁

名师导读

做事情要讲究脚踏实地，但是文中的这个有钱人却不遵循这个规律，干出让人哭笑不得的事来。我们来看看他做了什么事吧……

❶叙述说明 介绍了这个有钱人很愚蠢，干事情令人哭笑不得，引出下文。

[①]从前，有个有钱人，他生来愚蠢，又不愿意读书、学习，却自以为是，骄傲得很，常常干出一些让人哭笑不得的事来。

有一次，他到另一个有钱人家里去做客，见到人家的府第是一座三层楼的楼房，高大威风，又宽敞壮丽，看上去很是阔气不说，站在三层楼上，还能看见远方美丽的景致，真是妙极了。他心里不禁十分羡慕，想：要是我也有一幢这样的三层楼房，那该多好啊！我也可以站在我的三层楼上，喝茶观景，要多惬意就有多惬意！

他回到家里，马上叫人请来泥瓦匠，吩咐道："给我建一座三层楼房，越快越好！"

于是泥瓦匠立刻开始动工，打地基、和泥、砌砖头，开始修建楼房的第一层。

❷对话描写 有钱人竟然让泥瓦匠不修下面两层，直接修第三层，说明他很愚蠢，不从实际出发。

有钱人天天跑到工地上去看，头几天地基打好了。又过了几天，砌了几层砖。再过几天，砖砌高了一点儿。有钱人想楼房都快想疯了，而今过了这么些天，他的楼房还没影子，实在等得不耐烦了，就跑去问泥瓦匠：[②]"你们这是建造的什么房子啊，怎么一点也不像我要的楼房呢？"

泥瓦匠答道："不是照您的吩咐在建楼房吗？这就是第一层。"

有钱人又问："这么说，你们还要修第二层？"

泥瓦匠奇怪地回答："当然了，有什么问题吗？"

有钱人勃然变色，暴跳如雷道："蠢东西，我看中的是第三层，叫你们修的也是第三层，还修第一层、第二层做什么？"

这个有钱人真是可气又可笑，没有第一、第二层楼房，哪里来第三层呢？①做事情要踏踏实实，打好基础，否则我们的理想就好像这个有钱人的空中楼阁一样，永远是虚幻的东西。

①**议论** 这个故事告诫我们做事情要踏踏实实，打好基础。

精华赏析

这则故事主要讲述了一个有钱人想盖空中楼阁的事情，反映了他很愚蠢，做事情不脚踏实地。告诫我们做事情要踏踏实实，一步一个脚印地打好基础。

延伸思考

1.这个有钱人是一个怎样的人？

2.这个故事告诫我们什么？

相关评价

空中楼阁是不可能存在的，因为它没有基础，只是一个幻想而已。这也说明不管是做人还是做事，都应该踏踏实实，只有打好基础，才能将事情办好。想要一步登天，那只是空想。

桑中李树

名师导读

世间万物，无奇不有，桑树中长出李树便引来了人们的顶礼膜拜。我们来看看是怎么回事吧……

从前有一个人出门，带了一些李子路上吃。他一路走一路津津有味地嚼着李子，一会儿就吃完了，只剩下几个李子核。把李子核扔到哪里去呢？这人一抬头，见旁边几步路远的地方有一棵桑树，不知道什么原因，树干上有一个大洞，里面已经空了。[①]于是他就把核顺手扔进了树洞里。想了想，又弄来些泥土填进树洞将李子核盖上。他这样做倒也并不是为了种出李子来，只是一时好玩罢了，盖完就走了，也没有当成一回事。日子一长，他也慢慢地把这事给忘了。

> ①叙述说明：解释了桑中李树的成因，即一个人将李子核扔进了桑树洞里。

再说那被土盖上的李子核，天下雨时便得到雨水的滋润，在树上栖息的鸟儿拉的粪便成了它天然的肥料，时间长了，竟真的发出芽来，长成了一棵李树。有人见到桑树里长出了李树，觉得很神奇，就把这怪事告诉了周围的人。

读书笔记

有个害眼病的人听说了，认为这棵李树可能是一棵神树，就拄着拐杖摸索着来到李树下，向它许愿说："李树啊，您如果能保佑我的眼疾消除，我就献给您一头小猪。"他一说完，就觉得眼睛疼得没那么厉害了。又过了些天，他的眼睛竟慢慢变好了。他高兴极了，逢人就说："桑树里长出的那棵李树治好了我的眼睛，果真是一棵神树啊！"然后又准备了小猪，叫人敲锣打鼓地抬到李树下去还愿。附近的人都来看热闹,大家都知道了这棵李树是神树。

就这样,"神树"的事一传十、十传百,很快远近的人就都知道了,而且越传越神:"那棵李树能让盲人重见光明呢!""那棵李树可以医好百病呢!"……人们都带着祭品慕名而来,祭拜这棵"神树",希望它保佑自己。

读书笔记

过了几年,当年那个顺手将李子核扔进桑树洞中的人又经过这里,听说了"神树"的事,又见到大家争相祭拜它的盛况,就到树边去看个究竟。这一看不要紧,他不禁哑然失笑:"这棵树是我前些年种下的呀,有什么神奇的呢?"

扔李子核的人一语中的,"神树"的神,不过是大家捧出来的罢了。那个害眼病的人病好了只是偶然,或者根本就只是他自己的心理作用帮他医好了病,哪里是李树保佑的呢?我们遇到非同一般的现象,不要盲从轻信,要以冷静的头脑仔细分析推测,做出科学的解释。

精华赏析

这个故事主要讲述了人们看到桑树中长出李树并以为这是一棵神树而加以膜拜的事情,告诫我们遇事应该冷静分析,理智地做出判断。

延伸思考

桑树中为什么会长出一棵李树?

相关评价

不应该不加思考就盲目相信自己的见闻,从而揭示要从客观角度出发看待事情,不要盲目相信眼前所见。

造父学驾车

名师导读

想要学会一门高超的技术，就必须有过硬的基本功，我们来了解一下造父是怎样练基本功的吧……

造父是古代的驾车能手，他在刚开始向泰豆氏学习驾车时，对老师十分谦恭、有礼貌。可是三年过去了，泰豆氏却什么技术也没教给他，造父仍然执弟子礼，丝毫不怠。这时，泰豆氏才对造父说："古诗中说过：[①]'擅长造弓的巧匠，一定要先学会编织簸箕；擅长冶金炼铁的能人，一定要先学会缝接皮袄。'你要学驾车的技术，首先要跟我学快步走。如果你走路能像我这样快了，你才可以手执六根缰绳，驾驭六匹马拉的大车。"

❶引用 泰豆氏引用古诗中的话，目的是告诫造父要练就过硬的基本功。

造父赶紧说："我保证一切按老师的教导去做。"

泰豆氏在地上竖起了一根根木桩，铺成了一条窄窄的仅可立足的道路。老师首先踩在这些木桩上，来回疾走，快步如飞，从不失足跌下。造父照着老师的示范去刻苦练习，仅用了三天时间，就掌握了快步走的全部技巧和要领。

泰豆氏检查了造父的学习成果后，不禁赞叹道："你是多么机敏灵活啊，竟能这样快地掌握快行技巧！凡是想学习驾车的人都应当像你这样。[②]从前你走路是得力于脚，同时受心的支配；现在你要用这个原理去驾车，为

❷语言描写 泰豆氏告诉造父驾车的秘诀，即能够使六匹马互相配合。

了使六匹马走得整齐划一，就必须掌握好缰绳和嚼口，使马走得缓急适度，互相配合，恰到好处。你只有在内心真正领会和掌握了这个原理，同时通过调试适应了马的脾性，才能做到在驾车时进退合乎标准，转弯合乎规矩，即使跑很远的路也尚有余力。真正掌握了驾车技术的人，应当是双手熟练地握紧缰绳，全靠心的指挥，上路后既不用眼睛看，也不用鞭子赶，内心悠闲放松，身体端坐正直，六根缰绳不乱，二十四只马蹄落地不差分毫，进退旋转样样合于节拍。如果驾车达到了这样的境界，车道的宽窄只要能容下车轮和马蹄就够了。无论道路险峻或平坦，对驾车人来说已经没有什么区别了。这些，就是我的全部驾车技术，你可要好好地记住它们！”

泰豆氏的话强调了苦练基本功的极端重要性。[①]要学会一门高超的技术，必须掌握过硬的基本功，然后才能得心应手、运用自如。学习驾车如此，做其他任何事情也都应当这样。

读书笔记

①议论

要学会一门高超的技术，就必须掌握过硬的基本功。

精华赏析

本文讲述了造父学驾车的故事，告诉我们要学会一门高超的技术，就必须练就过硬的基本功。

延伸思考

1.造父驾车的原理是什么？

2.这则故事告诉我们一个什么道理？

相关评价

学本领需要我们脚踏实地来学，太过浮躁则什么都学不好。

豹将军出征

名师导读

现实生活中有许多人善于阳奉阴违，文中的许多朝廷大臣也是这样的，我们来看看吧……

①虎王派豹将军出征，传来了不幸消息说，豹将军因身负重伤不治，已经尸横战场。

❶叙述说明 豹将军出征，却因身负重伤不治而亡，引出下文。

朝廷大臣纷纷议论。熊太师说："豹将军生性粗暴，有勇无谋，根本就不是将才！"狐丞相说："豹将军残害生灵，草菅人命，我早就知道它是没有好下场的！"狼御史说："豹将军奸淫掳掠，无恶不作，是个国人皆曰可杀的花花太岁，我正想参它一本，拿它法办。死在战场上，算是便宜了它！"其他官员也都指出了豹将军的种种劣迹。

不久，豹将军派信鸽送来捷报，说是豹将军身先士卒，虽身负重伤，仍英勇杀敌，已经大获全胜，即将班师回朝。熊太师、狐丞相、狼御史闻讯立即到京城百里以外去迎接。

见到了豹将军后，熊太师说：②"豹将军迂回包围，深入敌后，首歼敌酋，智勇双全，真是举世无双的将才！"狐丞相说："豹将军军纪严明，恩威并济，我早就知道您是会旗开得胜的！"狼御史说："豹将军威风凛凛，仪表堂堂，使得敌人闻风丧胆。我一定向虎王奏上一本，请虎王晋

❷语言描写 朝廷众大臣见了豹将军后，便赞赏豹将军的才能和英勇，突出他们阳奉阴违的本质。

注释

无恶不作：指没有哪件坏事不干的。指干尽了坏事。

升您为总领兵马大元帅！”其他官员也都对豹将军赞扬备至。

读书笔记

豹将军和出城欢迎的大臣们一一握手，连声称谢，嘴角却浮着一丝不易察觉的带有嘲弄意味的微笑，因为它深知：如果它打了败仗或是阵亡了，这些家伙一定会大嚼舌头的。

精华赏析

本文讲述了朝廷众大臣对豹将军阳奉阴违的故事，批判了那些阴险狡诈、阳奉阴违的小人。

延伸思考

1.豹将军班师回朝后受到怎样的待遇？

2.这个故事讽刺了哪些人？

相关评价

在生活中有一群人，当你风光无限时，他们会来阿谀奉承、锦上添花；而当你穷困潦倒或者比较倒霉时，他们不仅不会雪中送炭，还会落井下石。这种人最会见风使舵，阳奉阴违，看到你有利用价值的时候，就一窝蜂的凑上来。当你失去利用价值，他们就会转变嘴脸。所以当我们发达的时候，一定要懂得分辨身边的人，要清楚哪些嘴脸是虚伪的，不要被他人的伪善所欺骗。

越人造车

名师导读

模仿造一样东西，必须了解其中的原理，而越人却不懂得这个道理，才导致后来吃了亏。我们来看看是怎么回事吧……

❶ **叙述说明**

说明了越人想学会造车的目的是增强本国的军事力量。

越国没有车，越国的人也一直都不懂得该如何造车。①越人很希望学会造车的技术，好将车用在战场上，增强本国的军事力量。

有一次，一个越人到晋国去游玩。野外空气新鲜、风景美丽，他一路走一路看，不知不觉到了晋国和楚国交界的荒野。忽然，不远处的一件东西将他的视线吸引过去。“咦，这不是一辆车吗？”这个越人马上联想起在晋国见到过的车。这东西确实是辆车，不过毁坏得很厉害，所以才被人弃置在这里。这车的辐条已经腐朽，轮子也折断了，车辕也毁了，上上下下没有一处完好的地方。这个越人对车本来看得不真切，但又一心想为没有车的家乡立一大功，就想办法把破车运了回去。

❷ **语言描写**

这个越人到处炫耀，却不知道这是一辆破车，表明了他的无知、可笑。

回到越国，这个越人便到处夸耀：②“去我家看车吧，我弄到一辆车，是一辆真正的车呢，可棒了，我好不容易才搞到的呢！”于是，到他家去看车的人络绎不绝，大家都想一睹为快。几乎每一个人都听信了这个越人的炫耀之词，纷纷议论着说：“原来车就是这个样子的啊！”“看上去怕不能用吧，是不是损坏过呢？”“你不信先生的话吗？车一定本来就是这个样子的！”“对，我看也是。”这样，越人造起车来都模仿这辆破车的形状。

后来，晋国和楚国的人见到越人造的车，都笑得直不起腰来，讥讽说：①“越人实在太笨拙了，竟然将车都造成破车，哪里能用呢？”可是越人根本不理会晋人和楚人的讥讽，还是我行我素，造出了一辆辆的破车。

①语言描写

晋国和楚国人的讥讽是有道理的，越人的确不懂得造车。

终于有一天，战争爆发了，敌人大兵压境，就要侵入越国领土了。②越人一点儿也不惊慌，从容应战，因为他们都觉得现在有车了，再没什么可怕的。越人驾着破车向敌军冲过去，才冲了没多远，破车就散了架，在地上滚得七零八落，越国士兵也纷纷从车上跌落下来。敌军趁乱杀将过来，把越人的阵形冲得乱七八糟，越人抵挡不住，死的死，逃的逃，投降的投降，兵败如山倒。可是直到最后，他们也不知道自己是败在了车上。

②场面描写

越人以为自己拥有了很强的军事实力，结果却一败涂地。

精华赏析

本文讲述了越人模仿一辆破车来造车最后导致战争惨败的事情，告诫我们造一样东西一定要掌握其中的原理，看问题要透过表面摸清实质。

延伸思考

1.越人造出来的车是什么样子的？
2.这个故事告诉我们一个什么道理？

相关评价

在向他人学习的时候，一定要学会取其精华，去其糟粕。

齐人学弹瑟

有些人自以为是，结果却出了洋相，文中的齐人便是这样的。我们来看看他是怎么出洋相的吧……

古时候，有一种乐器叫作瑟，发出的声音非常悦耳动听。赵国有很多人都精通弹瑟，使得别的国家的人羡慕不已。

①有一个齐国人非常欣赏赵国人弹瑟的技艺，特别希望自己也能有这样的好本领，于是就决心到赵国去拜师学弹瑟。

这个齐国人拜了一位赵国的弹瑟能手做师傅，开始跟他学习。可是这个齐国人没学几天就厌烦了，上课的时候经常开小差，不是找借口迟到、早退，就是偷偷琢磨自己的事情，不专心听讲，平时也总不愿意好好练习。

学了一年多，这个齐国人仍弹不了成调的曲子，老师责备他，他自己也有点儿慌了，心里想：②我到赵国来学了这么久，如果什么都没学到，就这样回去，哪里有什么脸面见人呢？想虽这样想，可他还是不抓紧时间认真研习弹瑟的基本要领和技巧，一天到晚都只想着投机取巧。

他注意到师傅每次弹瑟之前都要先调音，然后才能演奏出好听的曲子。于是他琢磨开了：③看来只要调好了音就能弹好瑟了。如果我把调音用的瑟弦上那些小柱子

❶叙述说明 解释了这个齐人到赵国去学弹瑟的原因，即他很欣赏赵国人弹瑟的技艺。

❷心理描写 齐人觉得自己什么都没学到，怕回去丢脸。

❸心理描写 这个齐人认为只要将那些小柱子在调好音后用胶粘牢就行了，体现了他非常懒惰，自以为是。

在调好音后都用胶粘牢，固定起来，不就能一劳永逸了吗？想到这里，他不禁为自己的“聪明”而暗自得意。

于是，他请师傅为他调好了音，然后真的用胶把那些调好的小柱子都粘了起来，带着瑟高高兴兴地回家了。

读书笔记

回家以后，他逢人就炫耀说：“我学成回来了，现在已经是弹瑟的高手了！”大家信以为真，纷纷请求他弹一首曲子来听听，这个齐国人欣然答应。可是他哪里知道，他的瑟再也无法调音了，是弹不出完整的曲子来的。于是他在家乡父老面前出了个大洋相。

精华赏析

本文主要讲述了齐人学弹瑟出洋相的故事，告诫我们做事情要脚踏实地，不要总想着一劳永逸。

延伸思考

1.齐人想了一个什么办法来偷懒，不好好练习？

2.这个故事告诉我们一个什么道理？

相关评价

学习是一个循序渐进的过程，没有人能一口吃成一个胖子，也没有人能一下子就学会所有的东西。我们需要慢慢学习，只有坚持不懈地认真学习，才能学好。大家要明白，成功是没有捷径可以走的，想要获得成功，需要我们脚踏实地努力。只有踏踏实实地学好本领，才能成为一个有用的人。

建筑师的特长

名师导读

其实，人只要精通某一方面就非常了不起了，我们来看看文中的建筑师有什么特长吧……

从前有一位建筑师，远近的人都听说过他的大名。有一天，一个人问他说：[1]“先生您究竟有些什么特长呢？”建筑师颇为自豪地回答道：“我呀，最擅长衡量木材，按照要建造的房屋的情况，根据木材的具体特点来选择恰当的木料。我对整幢要建的房子的细节都了然于心，懂得什么地方应该分派什么人去做。只有在我的指挥下，工匠们才能有条不紊地劳动。如果没有我，房子就建不成了。所以，官府请我去，付给我的工钱是普通工匠的三倍；在私人那里工作，工钱的一大半也归我。”

❶对话描写 建筑师的特长是衡量木材以及对全局的指挥。

有一天，这个人到建筑师家里去拜访他，此时建筑师家里的床正好坏了一条腿，他就叫过仆人说：“一会儿去请个工匠来修理一下吧。”这个人吃惊地问他说：“您天天都和木料打交道，难道连区区一个床腿都不会修吗？”建筑师回答：“这是工匠做的事，我怎么会呢？”这个人当着建筑师的面不好再说什么了，心里却暗暗想道：[2]原来这个建筑师什么本领都没有，只会到处吹牛、骗人钱财呀！

❷心理描写 这个人认为建筑师什么都不会，他就是个骗子。

注释

自豪：指自己感到光荣，值得骄傲。

后来，京兆尹要修官衙，请的就是这位建筑师，这个人就赶去看热闹。

到了工地上，他看到地上放着成堆的木料，工匠们把建筑师围在中间。建筑师根据房子各部位的建筑需要，在木料上敲打几下，就知道了木材的承受能力。他挥舞着手杖，指着右边说道："砍！"那些拿斧头的工匠就都跑到右边的木料旁砍起来。建筑师又用手杖指着左边命令："锯！"那些拿锯子的工匠都到左边锯开了。在建筑师的指挥下，不一会儿大家全都各司其职，按照建筑师的吩咐忙活起来，没有一个人敢自作主张、不听命令。对于那些不称职的人，建筑师就将其撤下以保证工程的进度，大家也都没有一句埋怨的话。就这样，整个工程被安排得井井有条。建筑师将建造房子的图纸挂在墙上，才一尺见方大小的图，详尽地标出了房子的规格和要求，小到连一分一毫的地方都标出来了。照作它来修建高大的房子，竟然一点出入都没有。

读书笔记

这个人这才明白了建筑师的能耐。

建筑师的特长，不在于对建筑工程中不起眼的细节进行雕琢，而在于对整体做宏观的把握。①对于一个人只能要求他擅长于某一方面，硬要提出些苛刻的要求，对其求全责备是不对的。

①议论

一个人擅长于某个方面就非常了不起了，不要对他求全责备。

精华赏析

建筑师的特长是衡量木材和指挥工程的全局，却不一定擅长修床腿这样的细节。这告诉我们一个道理：一个人擅长某个单项就非常了不起了，不要对其求全责备。

延伸思考

1.建筑师的特长是什么？

2.这个故事告诉我们一个什么道理？

相关评价

每个人都有自己所擅长的地方，在外行人看来他们所做的事情非常简单，其实这只是因为旁观者不了解这行所导致的。他们所做的事情看着非常简单，但实际却是非常需要技术含量和专业知识的，是旁人做不来的。其实对于一个人来说，精通一样知识就已经非常了不起，很多人花一辈子只研究一样东西，并在他们研究的领域取得了不起的成就。所学的东西并不在多，在精就可以了。

在社会之中，每个人都有属于自己的位置。清洁工负责保持城市的整洁，交警负责保持交通的顺利，教师负责教育孩子，让他们长大成人……每个人都在自己的岗位上发挥着作用，这些岗位没有高低贵贱之分，也没有轻重之分，因为所有的工作都是非常重要的，都是缺一不可的。

求千里马

名师导读

千里马是非常难求的，那么文中的国君最终是怎样求得千里马的呢？我们来了解一下吧……

传说古代有一位非常喜爱骏马的国君，为了得到一匹胯下良驹，曾许以一千金的代价买一匹千里马。普天之下，可以拉车套犁、载人驮物的骡、马、驴、牛多的是，而千里马则十分罕见。①派去买马的人走镇串乡，像大海里捞针一样，三年的时间过去了，连个千里马的影子也没有见到。

❶比喻 将求千里马比作大海捞针，突出千里马非常难求。

一个宦官看到国君因得不到朝思暮想的千里马而怏怏不乐，便自告奋勇地对国君说："您把买马的任务交给我吧！只需您耐心等待一段时间，届时定会如愿以偿！。"国君见他态度诚恳、语气坚定，仿佛有秘诀，因此答应了他的请求。这个宦官东奔西走，用了三个月时间，总算打听到千里马的踪迹。可是当宦官见到那匹马时，马却死了。

虽然这是一件令人非常遗憾的事，但是宦官并不灰心。马虽然死了，但它却能证明千里马是存在的。②既然世上的确有千里马，就用不着担心找不到第二匹、第三匹，甚至更多的千里马。想到这里，宦官更增添了找千里马的信心。他当即用五百金买下了那匹死马的头，兴冲冲地带着马头回去面见国君。宦官见了国君，开口就说："我

❷叙述说明 宦官现在知道世上的确有千里马，这便增加了他寻找的信心。

已经为您找到了千里马！”国君听了大喜，就迫不及待地问道：“马在哪里？快牵来给我看！”宦官从容地打开包裹，把马头献到国君面前。看上去虽说是一匹气度非凡的骏马的头，然而毕竟是死马！[①]那马惨淡无神的面容和散发出的腥臭使国君禁不住一阵恶心。猛然间，国君的脸色阴沉下来。他愤怒地说道：“我要的是能载我驰骋沙场、云游四方、日行千里的活马，而你却花五百金的大价钱买了一个死马的头。你拿死马的头献给我，到底居心何在？！”宦官不慌不忙地说：“请国君不要生气，听我细说分明。世上的千里马稀少，不是在养马场和马市上能轻易见得到的。我花了三个月时间，好不容易才遇见一匹这样的马，用五百金买下死马的头，仅仅是为了抓住一次难得的机会。这马头可以向大家证明千里马并不是子虚乌有，只要我们有决心去找，就一定能找到。[②]用五百金买一匹死马的头，等于向天下发出一个信号，这可以向人们昭示国君买千里马的诚意和决心。如果这一消息传扬出去，即使有千里马藏匿于深山密林、海角天涯，养马人听到了君王是真心买马，必定会主动牵马纷至沓来。”

果然不出宦官所料，此后不到一年的时间，接连有好几个人牵着千里马来见国君。

❶细节描写

死马的面容和腥臭味让国君很难受，引出下文国君发怒。

❷语言描写

宦官解释了自己买马头的原因，即向人们昭示国君买千里马的诚意和决心。

本文讲述了国君寻求千里马，最终寻得的故事，告诉我们做任何事情都要有诚意和决心，这样再困难的事情也能办好。

延伸思考

1.宦官买下马头的原因是什么？

2.这个故事告诉我们什么道理？

相关评价

如果想要做成一件事情，只要有足够的诚意，付出足够多，最后就有可能达到自己的目的。很多时候，看起来毫无意义的事情，其实是有非常大的作用的。就像本文中宦官用五百金买下一个没有用的马头，这件事情初看是没有意义的，但是宦官的行为让大家知道国君求千里马的决心有多么坚决，这样大家也就愿意将千里马牵来给国君。那五百金不是白花的，它让之后寻找千里马的事情变得更加顺利。这也说明当我们想要达到某种目的的时候，若是一种直接的方法不能让我们成功达到目的，我们可以用迂回的办法来达到。

不要担心浪费自己的金钱，舍得投资的人才有可能获得更多的回报。俗话说："放长线钓大鱼。"在生活中也是如此，我们要舍得付出，这样才可能得到更多。

悔之晚矣

名师导读

古代有一些因为听信谗言而错杀了自己的亲人的例子，而文中的主人公就是其中一例，我们来看看是怎么回事吧……

鲁国有位宰相很受国君宠幸，这位掌有国家大权的人物叫叔孙氏。

叔孙氏手下一位叫竖牛的臣子深得叔孙氏的信任。叔孙氏国事繁忙，很多事情都全权由竖牛处理。

①竖牛心术不正，全凭阳奉阴违、阿谀逢迎博得宠信，骨子里藏着阴谋诡计。

❶**叙述说明** 竖牛全凭阳奉阴违、阿谀逢迎博得宠信，说明他是一个阴险狡诈的人。

叔孙氏有两个儿子，大儿子叫丙，二儿子叫壬。竖牛计划将叔孙氏的两个儿子一一除掉，然后就可以伺机行事，以图大谋。

一天，竖牛带着壬去鲁王府上应差。竖牛有意在鲁王面前夸赞壬如何聪慧、懂事，鲁王也很喜欢壬，便送了一个玉佩给壬。

读书笔记

壬将玉佩带回家后，爱惜地珍藏起来，不敢轻易佩戴。竖牛知道壬想戴玉佩，又恐父亲责怪，便佯装已代壬请求过叔孙氏，告诉壬："你尽管佩戴好了，我已告知你父，你父应允你佩戴玉佩了。"

壬听了竖牛的话，很高兴，急忙找出玉佩戴上。

一天，竖牛装作无意中提及壬公子如何讨鲁王喜欢，叔孙氏忙问:“国君不识我儿,如何谈及喜欢不喜欢之意?”

竖牛故意说:“上次您派我去鲁王府,壬一定要跟上,我只好带他去了。鲁王见了公子壬很喜欢,还送他一个玉佩呢。”

叔孙氏大惊,急唤壬出来见他,果然壬的脖子上戴一玉佩。叔孙氏心中大怒:“如此无规矩的儿子,要他必惹祸患。”一气之下,把壬杀了。

读书笔记

竖牛看已除一位公子,又开始设计陷害公子丙。叔孙氏曾为大儿子丙铸过一口大钟,预备儿子长大成人之后用。

丙每看到大钟,便好奇地想敲敲看,想听听是怎样的钟声,竖牛又佯装代丙请示过父亲,允他敲钟。叔孙氏听见钟声,气得将丙赶出了国都。

年后,叔孙氏心回意转要竖牛接公子丙回家,竖牛假说丙执气不归。叔孙氏盛怒之下派人杀了丙。

叔孙氏丧子心冷,病卧在床,竖牛趁机掳其财宝逃往齐国。叔孙氏得知此讯,痛心疾首,悔之晚矣。

精华赏析

本文讲述了叔孙氏因听信谗言而将自己的两个儿子杀死的故事,告诫我们看待问题要理智冷静地思考、判断,不要随便轻信别人的话。

延伸思考

叔孙氏为什么要将壬杀死?

相关评价

判断事情一定要仔细思考,不能轻信他人的谣言,否则很容易被他人所挑拨,做出让自己后悔莫及的事情。

路边的李树

名师导读

小孩子不能嘴太馋，否则可能会尝到苦头的。我们来看看文中的小朋友尝到了什么苦头吧……

---

❶ **叙述说明** 介绍了王戎的秉性，他聪明伶俐，善于思考。

[1]古时候有一个叫王戎的人，他小的时候就聪明伶俐、智慧过人，遇事爱开动脑筋，仔细分析，先思考好了再动手做事。

有一次，小王戎和一群同村的小孩子一起出去玩儿。大家打打闹闹的，不知不觉就来到了村外。

孩子们越跑越远，一直到了村外的路边。一个眼尖的孩子忽然发现了什么，抬起手臂指着不远处说道："喂，你们看呐，那边好像是一棵李子树，上面还结有果实呢。"

❷ **景物描写** 树上的李子已经熟透了，颜色非常鲜丽，看起来很诱人。

大家顺着他指的方向跑过去一看，呀，[2]真的是一棵又高又大的李子树，而且上面结满了熟透的李子，压得树枝都弯了，一个个李子鲜红鲜红的，好像就要滴出汁水一样，十分诱人。

孩子们见了树上的熟李子，想起李子那又甜又酸的味道，馋极了，一个个直往肚里咽口水，巴不得马上吃到它。

领头的孩子招呼了一声："喂，快上树去摘李子吃啊，还等什么呀！"

大家欢呼了一声，挽起袖子和裤腿，往手心里吐了两口唾沫，争先恐后地向树上爬去，摘了好多的李子，用衣襟兜住。

可是王戎却仍然站在原地没动，他转动着那双水灵灵的大眼睛，好像在想些什么。

小孩子们都觉得很奇怪，大声地问他说：[1]“王戎，你还待在那里干什么，李子这么多，我们根本就摘不完，你快点上来呀！”

王戎开口说道：“你们不觉得有点奇怪吗？这棵李子树就长在路边，果实都熟透了，来来往往过路的人那么多，却没有人去摘，到现在，果实还挂满枝头，所以依我看，这棵李树上结的果子一定是苦的。”

❶对话描写

王戎解释了自己不去摘李子的原因，即他认为这李子一定是苦的，体现了他善于思考。

小孩们将信将疑地拿起刚摘下的李子放到嘴里去尝了尝，马上就都“呸呸”地吐了出来。这李子果真又苦又涩，难吃到了极点。[2]于是，大家都对王戎的善思佩服得五体投地。

❷叙述说明

小孩们证明了王戎的话是对的，所以对他很佩服。

精华赏析

王戎开动脑筋，在别人一哄而上摘李子的时候，只有他猜到路边的李子是苦的。这个故事告诉我们遇事应该多动脑筋，善于观察，勤于思考。

延伸思考

1.王戎为什么不摘路边树上的李子？

2.王戎是一个怎样的人？

相关评价

天下没有免费的午餐，不要看到便宜就想要去占。

得意忘形的老虎

名师导读

有的人总是容易得意忘形，最终因此遭了殃。本文中的老虎就是这样，我们来看看它为什么遭殃吧……

从前有一个农夫，他种庄稼的地在一片芦苇地的旁边。①那芦苇地里常常有野兽出没，他担心自己的庄稼被野兽毁坏，就总是拿着弓箭到庄稼地和芦苇地交界的地方去来回巡视。

❶叙述说明　解释了农夫在田地里巡视的原因，即担心庄稼被野兽毁坏。

这一天，农夫又来到地边看护庄稼。一天下来，没有什么事情发生，平平安安地到了黄昏时分。农夫见还安全，又感到确实有些累了，就坐在芦苇地边休息。

忽然，他发现芦苇丛中的芦花纷纷扬起，在空中飘来飘去。他不禁感到十分疑惑：②“奇怪，我并没有靠在芦苇上摇晃它，这会儿也没有一丝风，芦花怎么会飞起来呢？也许是芦苇丛中来了什么野兽在活动吧。”

❷心理描写　农夫感到疑惑，芦花为什么会飞起来呢？引出下文。

这么想着，农夫提高了警惕，站起身来一个劲地向芦苇丛中张望，观察是什么东西隐藏在那里。过了好一会儿，他才看清原来是一只老虎，只见它蹦蹦跳跳的，时而摇摇脑袋，时而晃晃尾巴，看上去好像高兴得不得了。

老虎为什么这么撒欢呢？农夫想了想，认为它一定是捕捉到什么猎物了。③老虎得意得简直忘了形，完全忘了注意周围会有什么危险，屡次从芦苇丛中跳起，将自己的

❸拟人　将老虎赋予人的情感，它此时得意忘形了。

身体暴露在农夫的视线里。

农夫悄悄藏好，用弓箭瞄准了老虎现身的地方，趁它又一次跃起，脱离了芦苇丛的隐蔽的时候，就一箭射过去，老虎立刻发出一声凄厉的叫声，扑倒在芦苇丛里。

[1]农夫过去一看，老虎前胸插着箭，身下还压着一只死獐子。

❶**叙述说明** 解释了老虎得意忘形的原因，即老虎身下压着一只死獐子。

精华赏析

本文讲述了一只得意忘形的老虎被农夫杀死的故事，告诫我们做人要冷静理智，得意忘形会让我们吃亏的。

延伸思考

1.老虎为什么会得意忘形？

2.这个故事告诫我们什么？

相关评价

无论取得了多么了不起的成绩，我们都不应该得意忘形。得意忘形会让我们失去平常心，也会让我们忘记应该注意的地方，很容易犯下错误。枪打出头鸟，得意的人也容易遭人嫉妒，说不定会被人在暗中使坏，因为自己太过大意而落入他人的陷阱之中。而且太过得意张扬，说话办事难免有些冒失，也会得罪人，在之后的工作中就难以得到他人的帮助。

飞必冲天，鸣必惊人

名师导读

现实生活中有许多厚积薄发的人，文中的主人公也是这样的人，我们来学习他是怎么厚积薄发的吧……

---

❶叙述说明

楚庄王在历史上功业显赫，是春秋五霸之一。

❷对话描写

楚庄王知道成公贾先生的用意，认为自己就是这只鸟。

①春秋五霸之一的楚庄王，在历史上曾为楚国的发展建立过显赫的功业。可是在他登基的头三年内，却毫无建树。他不理朝政，昼夜游戏，猜谜作乐，不听臣子的意见，并扬言：有敢进谏的，处以死刑。宫廷上下都十分着急——国家有这么个愚顽的国君怎么得了！

看到这种状况，有个叫成公贾的人决定冒死进宫规劝楚庄王。楚庄王对成公贾说："你知道，我是不准谁提意见的，你现在为什么不怕死来提意见呢？"

成公贾说："我来，不是给您提意见的，我只是想来跟大王一起凑趣解闷，猜猜谜语。"

楚庄王说："既然这样，那你说个谜我猜。"

成公贾说："好哇。"

于是他给楚庄王说了一个谜语：②"有一只大鸟，停留在南方的一座山上，整整三年了，它不动、不飞也不叫。大王您说，这是只什么鸟呢？"

楚庄王稍作思考，便胸有成竹地说："这只大鸟停在南方的大山上，整整三年没有动，目的是坚定自己的思想和意志；它三年不飞，是在积蓄力量使自己羽翼丰满；它三年不叫，是在静观势态、体察民情、酝酿声威。这只鸟尽管三年来一直没飞，可是一旦展翅腾飞必将冲天直上；尽管它三年来一直不叫，可是一旦鸣叫起来，必定会声振四方，惊世骇俗。成公贾先生，你放心吧，你的用意，我已经猜到了。”

成公贾惊喜地点点头，欣然离去。

第二天，楚庄王上朝处理国事。[1]他根据三年来的明察暗访、调查研究和对大臣们政绩的考察情况，提拔了五位忠诚能干的大臣，罢免了十个奸狡无能的大臣。楚庄王的决定和处事的魄力，使文武百官大为佩服，因此大家都十分高兴。楚国的老百姓也都奔走相告，庆幸有了一位贤君。

❶叙述说明 楚庄王厚积薄发，根据三年来的观察，惩治贪官，提拔人才。

精华赏析

本文讲述了楚庄王通过三年厚积薄发成就显赫功业的故事，告诉我们也要像楚庄王一样，做事情要有所积累才能有成就。

延伸思考

1.楚庄王听了成公贾的话后做了什么事情？

2.我们从中学到了什么？

相关评价

有大智慧的人并不急于表现自己，他们往往先蓄足了底蕴，等到胸有成竹、时机来临的时候，便会一鸣惊人。这也告诉我们要沉得住气，不要过早地将自己的意图暴露出来，让外人发现。

千里马

名师导读

千里马，日行千里，但是还是逃不了被人骑的命运。我们来看看文中的一匹千里马是怎样被骗之后被人骑的吧……

这是一匹酷爱奔跑的千里马。

①它常常像颗银色的流星，带领马群不知疲惫地奔上峻岭、冲下山坡、越过河流、穿过丛林，在广袤的大地上纵情驰骋。

①比喻 将千里马比作银色的流星，突出了它奔跑的速度快。

这天，它来到了一片荒原。长途跋涉使它的体力消耗殆尽，而且饥饿和干渴接踵而至，让它不得不停下来恢复体力，补充草料和水分。

然而，举目四望，一眼看不到边的荒原上除了偶尔长着一两株浑身是刺的灌木外，到处是被烈日晒得发烫的沙砾。它不禁有些绝望。

正在这时，一个背着巨大行囊的人笑眯眯地走了过来。

"朋友，总是在最需要的时候出现。"②他打开行囊，拿出食物和水，亲亲热热地拍拍千里马的后臀说，"我就知道您要来，所以专门为您准备了这些东西，请您笑纳。"

②细节描写 那人拍拍马屁股，讨得马的欢心，他的甜言蜜语让千里马中了他的圈套。

千里马的脸上露出警觉的神色。但扑鼻而来的食物香味和清冽甘甜的水诱惑力太大了，更何况那人还不断

注释

举目四望：抬起头，放眼四处观望。

地拍着它的后臀，再三相请呢。千里马觉得盛情难却，心中绷紧的弦也就慢慢地松弛了下来。

岂料，就在它埋头大吃大喝的时候，那人闪电般地给它戴上了笼头，并且飞身骑在了它的背上。这突如其来的变故，使千里马咴咴地惊叫起来。

“这有什么好惊讶的？”那人勒紧了缰绳，阴险地一笑，[①]“难道你从来就不知道爱拍马屁的人就是为了骑马吗？”

说罢，那人毫不客气地挥起了马鞭。

[②]因为一时的贪念而落入圈套的千里马，从此成了一匹任人役使的坐骑。

❶语言描写 那人告诉了千里马自己刚才那么做的目的只是为了骑它，突出他的阴险狡诈。

❷叙述说明 千里马的命运很悲惨，这都是因为它的贪念而引起的。

精华赏析

本文叙述了千里马因为贪念而落到被人骑的地步的故事，告诫我们不要轻信那些爱拍马屁的人的话。

延伸思考

1.千里马为什么会被那人骑？

2.本文告诫我们什么？

相关评价

对于那些阿谀奉承的人一定要保持警惕之心，不能因为对方几句赞美之词就放松警惕。更不要因为贪念而什么都不顾，陷入危险之中。要认识自己的长处，发挥自己的长处，不能白白地浪费了自己的天分，不然实在是可惜。

仁慈的祭祀者

名师导读

做任何事情都要给自己留点余地，否则自己最终会吃亏的。本文中的几个商人却没想到这点，我们来看看他们做了些什么吧……

---

❶叙述说明 交代了事件的开端，几位商人要到很远的地方去做生意。

①从前，有几位商人准备到很远的地方去做生意，据说那地方的生意非常好做。

出发前，他们想到路途太远，又不太熟悉，于是决定请一位向导带路，这样会省去很多麻烦。

向导找到了，商人们上路了。走了很多天以后，他们来到一个陌生的地方。在空旷的城外有一座祠庙，据当地人讲，凡外地人途经此地，如果不用活人做祭祀是很难通过的，而且说不定会遇到灾祸。

商人们停留在城外，大家围在一起，商量对策。

❷语言描写 这些商人称彼此是朋友，甚至是更近的亲戚关系，体现了他们的虚伪。

一位商人说：②“我们大家都是好朋友，而且我们每个人对朋友都是那么仁慈和真诚，谁能忍心用朋友的生命去祭祀呢？”

另一位商人也说：“这件事真是个不小的难题，我们之中，不仅是朋友，还有人是更近的亲戚关系，这种事谁也下不了手。”

大家你一言，我一语，谁也没有想到更好的办法。时间过去了整整一天，想到远方诱人的生意，几个商人都心急如焚。

突然，有人把目光落在了向导的身上。那人犹豫了一下，还是断断续续地说出了自己的想法：[①]“我看……我们之中，唯有向导……向导他和我们非亲非故，既然不祭祀过不了这道关口，我想是不是……就用向导的生命，你们看如何？”

❶**语言描写**

有一个商人竟然想到牺牲向导的性命，体现了他很残忍，背信弃义。

大家听了那个人的话，似乎恍然大悟，纷纷点头称是。

他们这些自我标榜为“仁慈”的商人，此刻心里却全没了这两个字。他们把向导找来，说明了他们的想法，还没容向导争辩，已经把向导杀死了，并且很快摆上了祭祀台。祭祀一结束，几位商人便毫无愧色地上路了。

[②]又走了一段路之后，前边出现一望无边的荒漠。荒漠上寸草不生，更没有树木和水源，几位商人眼见得迷了路，心里急得像着了火。这时，他们才想到，如果有向导带路，怎么也不会走进这样的绝境。一切都晚了，商人们统统被困死在荒漠里。

❷**叙述说明**

商人们把向导杀死了，可是自己也迷路了，最终自食恶果。

精华赏析

本文讲述了几个商人把向导的命用来祭祀，最终他们自己也困死荒漠的故事，告诫人们做事情不能只顾自己，并且要给自己留点余地，否则早晚会自食恶果的。

延伸思考

1.那些商人为什么要把向导杀死？
2.这个故事告诉我们一个什么道理？

相关评价

做人要怀有一颗仁慈之心，对他人仁慈就是对自己仁慈。

仆人看家

名师导读

人们都是守在家里才叫看家，可是有人却边看戏边守门。这是为什么呢？让我们来看看是怎么回事吧……

有一家富户，家里很有钱。有一次，主人要出门旅行，临行前，主人把仆人叫到身边，对他说：①“我要出去几天，你在家要好好守着门，这是顶顶重要的事。再有就是注意把驴子拴好，不可让驴子跑丢了。”

❶对话描写 主人交代仆人要好好看家，仆人谨记在心，说明仆人很忠心。

主人的话，仆人一一记在心上，连连点头，表示没问题：“放心吧主人，我一定会牢牢记住您的话，不会有一点儿疏忽的。”

主人上路了。仆人在家安分守己地看着门。日子虽然有点儿寂寞，但这是个忠于职守的仆人，他决不会忘记主人的嘱咐，擅离职守的。

这天，仆人在家中坐着，忽然听到离家不远处有鼓乐声传来。

❷心理描写 仆人既要守门又想看戏，体现了他的矛盾心理。

仆人听着外边的锣鼓声，心想：②“一定有好戏，如果能去看看该多好啊！”

但是，想到主人的嘱咐，仆人又犹豫了：“如果能想出一个两全其美的办法就好了。”

❸叙述说明 叙述了仆人的主意，体现了他的愚笨。

终于他想出来了一个主意。

③仆人把房门卸下来，把驴牵出来，让驴驮着门板，然

后仆人便牵着驴，放心地去看戏了。

仆人心里很踏实，看戏的时候仆人时刻也没放松对驴和门板的注意。同时，仆人心里还感到特别得意，因为他想出了这么好的两全其美的办法。

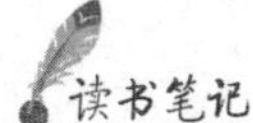

一个小偷从富人家门口路过，意外地发现这家怎么没有门呢，于是大摇大摆走进去想看个究竟。没想到，家里居然一个人也没有，而且一眼看出这家是个很阔的人家。小偷乐坏了，心想："怎么会有这么个天赐良机，让我不费吹灰之力就可以得到一大笔财富。"

小偷很顺利地把很大一堆财宝扛走了。

主人回来后，质问仆人：①"你是怎么看门的？我的很多财宝都被偷走了！"

仆人心平气和地说："主人，您只是嘱咐我看好门和驴子，这两样东西完好无损，您为什么还要责怪我呢？"

①对话描写 仆人看家，竟然弄丢许多财宝，他的话体现了他很死板。

精华赏析

本文讲述了一个仆人看家却只守门和驴子的故事，讽刺了那些做事死板，不懂得变通的人。

延伸思考

1.仆人是怎么看家的？

2.这个故事讽刺了哪些人？

相关评价

做事一定要从实际情况出发来考虑，切不可生搬硬套，即使事情不合情理也去做，结果导致非常糟糕的后果。

秀才的“大志”

名师导读

古时候，秀才的志向一般都是考取功名，报效朝廷，而文中的两个秀才却有别的志向，让我们来了解一下他们的志向是什么吧……

---

❶叙述说明 介绍了这两个秀才的特点，并批判他们装模作样，不学无术。

❷语言描写 一个秀才说出自己的“大志”，即吃饱睡足，体现了他好吃懒做，胸无大志。

[1]两个穷酸秀才，四体不勤，五谷不分，不事稼穑，不学无术，一天到晚装模作样，摇头晃脑，自命清高。衣服又旧又破，常常连肚子都填不饱，可他们依旧鄙视劳动。

一个炎炎的夏日，这两个秀才聚到一起了。他们走到村边，坐在一个大树墩上，一人拿着一把破旧的大蒲扇，不停地摇着扇，驱赶着蚊虫。他们看着农人正在地头辛苦地干活，颗颗汗珠滴在土地上，两秀才大发感叹。

一个秀才说：“他们真苦啊！这么勤巴苦做的，落得个什么呢？[2]我这一辈子虽说也穷酸，可是我只要吃饱了饭、睡足了觉也就行了。我最讨厌的就是像他们这样下地去干活，面朝黄土背朝天的，他们太胸无大志了。将来有朝一日我得志了，我一定先把肚子填得饱饱的，吃饱了再睡，睡足以后再起来吃，那该是多有福气呀！有了这样的福气，就算是实现了我的大志了！老兄，你说不是这样吗？”

另一个秀才不同意这个秀才说的话。他回答说：“哎呀老兄，我和你可不一样啊！我的原则是吃饱了还要再吃，哪来的工夫去睡大觉呢？我要不停地吃，这才是享受人世间最大的乐趣。依我看，这才是我的大志！”

两个人喋喋不休地谈着他们的“大志”，原来只不过是不劳而获、坐享其成，所以到头来也只不过是竹篮打水一场空。

[1]两秀才的“大志”，实在是可悲又可鄙，这种寄生虫的狭隘、自私，只能遗人笑柄。

❶议论

讽刺了这两个秀才狭隘、自私，好吃懒做，胸无大志。

精华赏析

本文主要讲述了两个穷酸秀才的“大志”，讽刺他们以及像他们一样的人，批判他们狭隘、自私，好吃懒做，胸无大志。

延伸思考

1.第一个秀才的“大志”是什么？

2.这个故事批判了哪些人？

相关评价

做人不能好高骛远，要认清自己的能力，脚踏实地地做事。就算心中有远大的志愿，但是却从不肯动手去做，只会一个劲地说自己的志向有多么远大，瞧不起那些脚踏实地苦干的人，那么这种人是无论如何都无法成功的。他们只知道坐享其成，什么都不愿意去做，就像寄生虫一样可悲。我们切不可像他们一样，有了梦想之后就要脚踏实地，一步一个脚印，朝着目标努力。

纪昌学射箭

名师导读

古代，射箭是一门很常见的技术，许多人都会射箭。文中的主人公为射箭去拜师学艺，他最后的射术怎么样呢？我们来看看吧……

飞卫是古时候的一位射箭能手。后来，有一个名叫纪昌的人，来拜飞卫为师，跟着飞卫学射箭。

飞卫收下纪昌做徒弟后，对纪昌学习射箭要求可真叫严啊！刚开始学射箭时，飞卫对纪昌说：[①]“你是真的要跟我学射箭吗？要知道不下苦功夫是学不到真本领的。”纪昌表示：“只要能学会射箭，我不怕吃苦，愿听老师指教。”于是，飞卫很严肃地对纪昌说：“你要先学会不眨眼，做到了不眨眼后才可以谈得上学射箭。”

①对话描写 飞卫教授了纪昌学射箭的要领，即首先学会不眨眼。

纪昌为了学会射箭，回到家里，仰面躺在他妻子的织布机下面，两眼一眨不眨地直盯着妻子织布时不停地踩动着的踏脚板。天天如此，月月如此，心里想着飞卫老师对他的要求和自己向飞卫老师表示过的决心：要想学到真功夫，成为一名箭无虚发的神箭手，就要坚持不懈地刻苦练习。这样坚持练了两年，从不间断，即使锥子的尖端刺到了眼眶边，他也能做到双眼一眨不眨。纪昌于是整理行装，离别妻子到飞卫那里去了。飞卫听完纪昌的汇

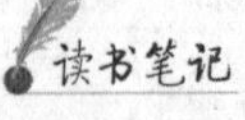

注释

箭无虚发：箭射得准，每发必中。形容箭术高明。箭：弓箭；虚：空。

报后却对纪昌说：[①]“还没有学到家呢！要学好射箭，你还必须练好眼力才行——要练到看小的东西像看到大的一样，看隐约模糊的东西像明显的东西一样。你还要继续练，练到那个时候，你再来告诉我。”

纪昌又一次回到家里，选一根最细的牦牛尾巴上的毛，一端系上一个小虱子，另一端悬挂在自家的窗口上，两眼注视着吊在窗口的牦牛毛下端的小虱子。看着，看着，目不转睛地看着。十天不到，那虱子似乎渐渐地变大了，纪昌仍然坚持不懈地刻苦练习。他继续看着，看着，目不转睛地看着。[②]三年过去了，眼中看到的那个系在牦牛毛下端的小虱子又渐渐地变大了，仿佛像车轮一样大了。纪昌再看其他的东西，似乎全都变大了。于是，纪昌找来用北方生长的牛角制作的强弓，用出产在北方的蓬竹所削成的纤细的利箭，左手拿起弓，右手搭上箭，目不转睛地瞄准那仿佛车轮大小的虱子，将箭射过去，箭头恰好从虱子的中心穿过，而悬挂虱子的牦牛毛却没有被射断。这时，纪昌才深深体会到要学到真本领非下苦功夫不可。他便把这一成绩告诉了飞卫老师。

飞卫听了很为纪昌高兴，甚至高兴得跳了起来。他走过去向纪昌祝贺说：“你成功了。射箭的奥妙，你已经掌握了！”

❶语言描写

飞卫又告诉纪昌另一要领，即看到小的东西要像看到大的一样。

❷比喻

将小虱子比作车轮，突出了纪昌的技术已经练到炉火纯青的地步了。

本文讲述了纪昌学射箭从基本功开始，最终他的技术达到非常高超的地步的故事。这个故事告诉我们，做任何事情都应

该聚精会神，练好基本功，下足功夫。

延伸思考

1.飞卫教授了纪昌哪些要领？

2.我们从中学到了什么？

相关评价

无论学习什么技术都是没有捷径可以走的，都必须按照要求严格训练，不可偷懒，也不可马虎行事。只有练好基本功，打好基础之后，才能由浅入深掌握这门技术的奥秘。当然学习的过程是非常辛苦而且枯燥的，需要我们有极大的毅力。只要你有毅力，敢于吃苦，就容易走向成功。如果不肯勤学苦练，那么不管做什么都是难以获得成功的。在学习的过程中，要不怕苦、不怕累，不要讲究形式主义，要踏踏实实地学习基本功夫。

同时，在学习的过程中，名师的教导和学生的虚心好学也是非常重要的，这样可以让学生少走弯路，达到事半功倍的作用。

爱钱的人

名师导读

古时候，爱财如命的人总想着要把钱藏在一个隐秘的地方，我们来看看文中的财主把钱藏在哪里了吧……

很久很久以前，在一个村子里住着十几户人家。[①]其中有一家是富户，这个富户的主人是个贪财如命的大财主，专门剥削村里的穷人。

❶ 叙述说明　这个大财主爱财如命，发的都是不义之财。

这个财主拥有上百亩良田，最引人注目的是他那座富丽堂皇的大宅院——前后几层，里面雕梁画栋，如同人间仙境。

财主的家中只有他和他十岁的儿子，其余全都是佣人。这几日财主每天坐在家中看着仆人们进进出出，心中十分烦恼。[②]他时常想，我拥有这么大的家业，只有我和儿子两个人，万一有一天佣人们不老实，偷偷拿了我的东西，我都不知道，那不是白白损失了吗？思前想后，他最终决定辞掉所有佣人，把房子卖掉，统统变换成金子埋起来，自己和儿子只住两间小房子，和平常人家一样。

❷ 心理描写　这个财主担心自己的钱财会被家里的佣人们偷走，更加突出了他爱财如命。

从这以后，财主最担心的便是埋在墙根底下的那堆金子，他每天都去挖出来看看。看过之后就像吃了定心丸，晚上才能入睡。财主经常这样做，很快就引起了别人的注意，尤其是他家附近住着的那个农夫。这个农夫是个单身汉，靠劳动维持生活。精明细心，喜欢观察周围的事物，那个贪婪财主的一切行为早就引起了他的怀疑。[①]“不知道这个大财主又想什么鬼主意了。”他想，于是便暗暗跟踪财主。

❶心理描写 农夫以为财主又在打什么鬼主意，这引起了他的怀疑。

一天，恰逢财主又来到墙根下。他四处望望，见没人，蹑手蹑脚地用铁锹向地里挖去。挖了好久，面露笑容地弯下腰，捧出一个坛子。双手打开盖从里面拿出一块沉甸甸的金子看了看，随即又放了回去，按原样埋好。他以为一切干得神不知鬼不觉，没想到却被树后的农夫看了个一清二楚。

读书笔记

农夫终于明白是怎么回事了。他见财主走远了，就来到墙根下把金子挖了出来，拿回家里。他把村子里贫苦的人召集起来，向大家说明了事情的经过。大家平时对财主的吝啬和贪婪非常痛恨，便把财主的金子给分了。

再说财主，第二天又来挖金子，却发现那地方已经空了。[②]就好像有人掏去了他的心肝一样，他揪住头发，顿足捶胸，哭得死去活来。有人见状，向他问清了缘由，便对他说：“别伤心了，反正你的钱埋在地下也没用，就像埋石头一样，倒不如你拿块石头放在那儿，就当是金子埋在那儿，不是一样吗？”

❷比喻，夸张 财主的心情被具体化、夸张，突显了他发现自己的金子被偷后非常伤心。

精华赏析

财主因为害怕自己的钱财被佣人们偷走，便将金子埋在墙根下，但后来被一个农夫看到了，农夫召集贫苦的村民将金子分了。这个事例告诫我们不要把钱看得太重，否则只会作茧自缚。

延伸思考

1.财主将金子藏在哪儿了？

2.财主的金子被谁偷走了？

相关评价

我们生活中有许多人和本文中爱钱的人一样，他拥有某样宝贵的东西，但是却担心这样东西失去，就将这个宝贵的东西藏起来。但是不管是什么东西，将它藏起来之后，它的价值就不存在了。钱只有在流通的时候才起到它真正的作用，奇珍异宝在被人欣赏的时候才起到真正的作用，人的才华在被利用的时候才起到真正的作用……不管是什么东西，我们都要拿出来使用，而不是私藏，埋没了它的真正价值。

一个只知道剥削他人的人是不会受到人们尊重的，一旦人们找到机会，就会对他进行报复，说明你是怎样对待别人的，别人也会怎样对你。所以我们对人要友善，帮助他人其实也等于帮助我们自己。

华歆与王朗

名师导读

越是在紧急关头越能体现一个人的能力，本文中究竟华歆与王朗哪个人更有能力呢？我们来看看吧……

---

❶叙述说明　平时，华歆与王朗两人的能力似乎不相上下，很难一较高低。

[1]华歆与王朗是一对好朋友，两个人都很有学识，德行也受到大家的称赞，分不出谁好一些，谁差一点。

有一年，洪水泛滥，淹没了许多村庄和大片的良田，百姓叫苦连天。华歆和王朗的家乡也遭了灾，房子都被大水冲走了，盗贼也趁火打劫，四处作案，很不太平。无奈，华歆和王朗只得和别的几个邻居一起坐船去逃难。

船上的人都到齐了，物品也装妥了，马上就要解缆离岸出发。这时候，远处忽然奔过来一个人，他背着包袱跑得气喘吁吁，大汗淋漓。这个人也顾不得擦汗，一边朝这边挥手一边扯开嗓子大叫道："先别开船，等等我，等等我呀！"

❷对话描写　从他们的对话中，我们发现似乎王朗更大方，乐于助人。

这人好不容易跑到船跟前，上气不接下气地说：[2]"其他船都坐满了人，没有船能容下我，我远远看到这边还有一条……船，就跑过来……求求你们……带上我……一起走吧……"

华歆听了，皱起眉头想了想，对这个人说："对不起得很，我们的船也已经满了，你还是再去另想办法吧。"

王朗却很大方，责备华歆说："华歆兄，你怎么这样小气，船上还很宽敞嘛，见死不救可不是君子所为，带上人家吧。"

华歆见王朗这样说，就不再坚持自己的意见，略微沉思片刻，答应了那人的请求。

华歆、王朗他们的船平安地走了没几天，就碰上了盗贼。盗贼们划船追过来，眼看越追越近了，船上的人们都惊慌不已，不知该怎么办好，拼命地催促船家快些、再快些。

王朗也害怕得不行，他找华歆商量说："现在我们遇上盗贼，情况紧急，船上人多没有办法跑得更快。不如我们叫后上船的那个人下去吧，也好减轻些船的重量。"

读书笔记

华歆听了，严肃地回答道："开始的时候，我考虑良久，犹豫再三，就是怕人多了行船不便，弄不好会误事，所以才拒绝人家。可是现在既然已经答应了人家，怎么能够出尔反尔，因为情况紧急就把人家甩掉呢？"

王朗听了这番话，面红耳赤，羞愧得说不出话来。在华歆的坚持下，他们还是像当初一样，始终没有抛弃那个后上船的人。而他们的船也终于在大家的共同努力下，摆脱了盗贼，安全地到达了目的地。

精华赏析

本文讲述了华歆与王朗让人乘船的事情，赞美了华歆深谋远虑、重承诺，在紧急关头还能临危不乱的品质。

延伸思考

起初华歆为什么不同意多载一个人呢？

相关评价

考虑事情一定要从长远的角度出发，不能只看眼前，既然答应了别人的事情，不管怎样一定要做到。

鲁国少儒士

名师导读

有时候，拥有真才实学的人很少，更多的人是滥竽充数，所以要采取措施来应对这种局面。我们来看看本文中鲁哀公是怎么做的吧……

❶对话描写

庄子告诉鲁君鲁国从事道术的人才少，同时也很缺儒士。

❷对话描写

庄子提出自己的见解，指出鲁国现在存在的问题。

鲁哀公对拜见他的庄子深有感慨地说：①"咱鲁国儒士很多，唯独缺少像先生这样从事道术的人才。"

庄子听了鲁君的判断，却不以为然地持否定态度："别说从事道术的人才少，就是儒士也很缺。"

鲁哀公反问庄子："你看全鲁国的臣民几乎都穿戴儒者服装，能说鲁国少儒士吗？"

庄子毫不留情地指出他在鲁国的所见所闻：②"我听说在儒士中，头戴圆形礼帽的通晓天文；穿方形鞋的精通地理；佩戴五彩丝带系玉玦的遇事清醒果断。"庄子见鲁王认真听着，接着表达自己的见解："其实那些造诣很深的儒士平日不一定穿儒服，着儒装的人未必就有真才实学。"

他向鲁王建议："您如果认为我判断得不正确，可以在全国范围发布命令，宣布旨意：凡没有真才实学的冒牌儒士而穿儒服的一律问斩！"

鲁哀公采纳了庄子的谏言，在全国张贴命令。不过

注释

真才实学：真正的才能和学识。后常用于形容人富有才能及学识。

五天，鲁国上上下下再也看不见穿儒服的“儒士”了。唯独有一男子汉，穿戴儒装立于宫门前。鲁哀公闻讯立即传旨召见。[1]鲁哀公见来者仪态不俗，用国家大事考问他，提出的问题五花八门、千变万化，对方思维敏捷，对答如流，果然是位饱学之士。

❶叙述说明 这名男子对于鲁哀公提出的问题对答如流，证明他是位饱学之士。

庄子了解到鲁哀公下达命令后，仅有一位儒士被国君召进了宫，敢于回答问题。于是他发表自己的看法：“以鲁国之大，举国上下仅一名儒士，能说人才济济吗？”

精华赏析

本文讲述了庄子告诉鲁哀公鲁国儒士少，并向他证明的故事，说明应该广纳那些有真才实学的人，抛弃滥竽充数的人。

延伸思考

1.庄子怎样向鲁君证明鲁国的儒士少呢？

2.这个故事说明了什么？

相关评价

夸夸其谈的人有一个特点就是特别注重形式的东西，特别善于弄虚作假，附庸风雅，借以谋取私利，这种人其实没有真才实学。

要知道真才实学不是靠衣着来装扮的，形式不能取代实质。同时，它也表明了一种社会现象：一种思想、学说或职业变得非常受欢迎与流行后，就会有人弄虚作假，附庸风雅，把自己装扮成那种思想、学说或者职业的渊博者、从事者，借以为自己谋取私利。大家一定要牢记越是注重形式、不讲求实际效果的人，越有可能是一个夸夸其谈、干不成任何事情的人，这样的人，我们趁早躲开点他。

寻找珠宝

名师导读

有时候，财迷心窍的人是会做出蠢事的，文中的人就干过这样的蠢事。我们来看看他们把什么当作珠宝了吧……

①从前，有一个很穷的村子。由于土地贫瘠长不出什么庄稼来，村民们都感到很苦恼，不知道该用什么法子才能多挣些钱。

❶叙述说明 叙说了这个村子很穷，村民们生活艰苦。

村边有一条赤水河，环绕着村子流过。谁也不知道它的源头在哪里，它要流到哪里去，也不知道它这样流淌了多少年。村里有个长着长长白胡子的老头，是村里年岁最长的人。他常常讲：②“听前辈的人说，赤水河是当年嫦娥奔月时因不舍人间而流的泪水形成的，里面还有她留下的一串项链。年深月久，项链散了，成了一粒粒闪着黑光价值连城的珠宝，谁要能捞到它，就会发大财了。”

❷语言描写 老头讲述的故事很令人心动，引出下文。

村里有几个水性好的青年，听信了这话，都决心去赤水河找珠宝。这一天，张三、李四、王五约好了，一同来到赤水河，跳下去就摸了起来。张三深吸了一口气，沉入水中东摸摸，西探探，忽然手触到一样硬东西。他心里一阵高兴，想：这一定就是珠宝了。他拿着这个东西脚踩着水浮到水面上来一看，这东西圆圆的，闪着黑光。其实这只是一颗螺丝，可是他一心一意想着珠宝，就根本不往别的东西上去考虑。③于是他狂喜地举着螺丝往家跑，一路高

❸叙述说明 这几个青年竟然将一文不值的东西当作珠宝，可见他们眼界狭窄，财迷心窍。

喊："我找到珠宝了！我找到珠宝了！"李四和王五一个摸到了蚌壳，一个摸到了鹅卵石和碎瓦片，也和张三一样，他们都认为自己得到的就是珠宝，兴高采烈地拿回家去了。

村民们闻讯赶去观看，大家都交口赞叹道："总算捞到珠宝了，这下我们该发财了！"

其中只有一个叫象罔的人看出那不过是些不值钱的东西，用袖子掩住口笑了。村民们见他笑，都愤怒极了："象罔实在不知好歹，居然敢嘲笑我们！"于是大家群起而攻之，把象罔赶出了村子。

[1]村民们的确很愚蠢，竟然把破烂当作子虚乌有的珠宝。但是有时候，财迷心窍的人就会做出这样的蠢事来。

❶议论

讽刺了村民们的做法，也借此批判了那些财迷心窍的人。

精华赏析

本文讲述了几个青年寻宝，却将普通的东西当作珠宝的事情，借此讽刺了村民们的做法，也批判了那些财迷心窍的人。

延伸思考

1.村民们将什么东西当作珠宝？
2.这个故事讽刺了哪类人？

相关评价

当一群愚蠢的人聚集在一起时，他们会为他们愚蠢的观点和想法感到洋洋得意，一旦有聪明人说出实情，他们便会群起而攻之。这种人不仅不能意识到自己的错误，反而攻击那些和自己意见不同的人，实在是愚昧。这也说明有时候真正掌握真理的人，是很难被大家所理解的。

对待金钱，我们应该保持淡然的态度。一旦过度重视金钱，很容易让自己迷失本性，做出一些愚昧的事情。

书呆子赶鸡

名师导读

有时候，两耳不闻窗外事，一心只读圣贤书并不是一件好事，文中的书呆子便遇到烦恼了。我们来看看他究竟遇到什么麻烦了吧……

❶ **叙述说明** 介绍了书呆子只会看书，别的事情都不会做，引出下文。

❷ **动作描写** 描写了书呆子赶鸡的动作，突出了他笨手笨脚。

①有个书呆子一天到晚只会待在家里看书，什么事也不会干，整天依赖妻子，饭来张口衣来伸手。

这天黄昏，妻子在地里干完活回家，只见自家的鸡子还没有归窝。她自己要忙着做饭，没工夫去张罗赶鸡，就对丈夫说："我做饭，你去帮我把鸡都赶进窝去。"

丈夫答应了。他放下书本跑到外面，去赶自家的鸡回家。

②书呆子看到自家那几只鸡，连忙上去一阵猛赶，结果那几只鸡吓得惊慌失措，乱飞乱窜，书呆子只好停下来朝鸡扬起手慢慢示意，于是那些鸡又停在那里东瞧西望。等那几只鸡刚刚安定下来，要向北面走去，书呆子赶忙上前将鸡拦住，鸡吓得一掉头又朝南边跑去。书呆子急了，又赶到鸡前将鸡拦住，鸡又重新掉头朝北跑去。就这样，他靠近鸡时，鸡吓得到处扑腾；他远离鸡时，鸡又停住不走。折腾到天都黑下来了，还有三只鸡依然没赶回窝。

妻子做好了饭，还不见丈夫赶鸡回家。她出屋一看，书呆子站在那里正显出无可奈何的样子，额上还淌着汗。妻子很是生气，教他说："应该这样赶鸡：在鸡安闲的时候慢慢靠近它;如果它惊恐不安,你就扔点食物去引诱它。不能像你这样简单粗暴地乱赶一气,要慢慢引诱着赶。你尽量把鸡赶到熟悉的路上,让它慢慢安静下来,它自然而然就会直奔回窝了。这才是最好的赶鸡方法。”

书呆子恍然有所悟,说:[①]“想不到赶鸡也有学问,怎么书本上就见不到呢?”

这个书呆子只会读死书,书本以外的东西一无所知。其实做任何事情都有它的方法和规律,如果不讲究方式、方法,只凭想象蛮干,那就难以把事情做好。

①语言描写 书呆子能明白赶鸡也有学问,但是书本上却没写,体现了他只依赖书本,没有实际经验。

精华赏析

这个故事叙述了书呆子赶鸡的事情,告诉我们做事情要讲方法,不能蛮干。

延伸思考

1.书呆子是怎样赶鸡的?

2.这个故事告诉我们一个什么道理?

相关评价

不管做什么事情都应该讲究方法,不能蛮干,不然的话是什么都做不好的。同时,这个故事也告诉我们不要像书呆子一样只知道读书,却不知道学习生活中的经验。

杞人忧天

名师导读

日常生活中，我们经常听到有人说“杞人忧天”这个成语，让我们来了解一下这个成语的来历吧……

❶叙述说明 点明了有个杞国人总是担心天塌地陷，自己会因此无处容身。

①在我国历史上的春秋时代，有一个杞国人，总是担心有一天会突然天塌地陷，自己无处安身。他为此事而愁得成天吃饭不香，睡觉不宁。

后来，他的一个朋友得知他的忧虑之后，担心这样下去会损害他的健康，于是特意去开导他说：“天，不过是一些积聚的气体而已。而气体是无处不在的，比如你抬腿弯腰、说话呼吸，都是在天际间活动，为什么你还要担心天会塌下来呢？”

❷语言描写 那个杞国人不担心天会塌下来，现在开始担心太阳、月亮、星星会掉下来。

那个杞国人听了，仍然心有余悸地问：②“如果天是一些积聚的气体，那么天上的太阳、月亮、星星，会不会掉下来呢？”

开导他的朋友继续解释：“太阳、月亮、星星，也都只是一些会发光的气团，即使掉下来了，也不会伤人的。”

可是杞国人的忧虑还没有完，他接着问：“那要是地陷下去了呢？又该怎么办？”

❸心理描写 杞国人知道自己的担忧是多余的之后，便放心了。

他的朋友又说：“地，不过是些堆积的石块而已，它填塞在东南西北四方，没有什么地方没有石块。比如，你站着、踩着、行走，都是在地上，为什么要担心它会陷下去呢？”

③杞国人听了朋友的这一番开导之后，终于放下心来，

十分高兴。他的朋友也为他不再因无端的忧愁而伤身体，感到了欣慰。

其时，有位楚国的思想家名叫长卢子的，在听说了杞国人和朋友的对话之后，不以为然。他笑着评论道："那些彩虹呀，云雾呀，风雨呀，一年四季的变化呀，所有这些积聚的气体共同构成了天；而那些山岳呀，河海呀，金木火石呀，所有这些堆积物共同构成了地。既然你知道天就是积气，地就是积块，你怎么能断定天与地不会发生变化呢？依我看，所谓天地，不过是宇宙间的小小物体，但它在有形之物中又是最大的一种，其本身并未终结，难以穷尽。因此人们对这件事也很难想象，不易认识，这都是很自然的。杞国人担心天会塌地会陷，这确实有点想得太远。然而他的朋友说天塌地陷是根本不可能的，这也不对。①天与地不可能不坏，而且终究是要坏的，有朝一日它真的要坏了，人们又怎么能不担心呢？"

❶语言描写　长卢子的评论也有一定的道理，天与地终究是要坏的，表明了他很有思想，看待问题很全面。

精华赏析

本文讲述了一个杞国人整天担心天塌地陷的故事，这个故事告诉我们不要想得太远了，不要瞎操心，但是看待问题也要全面、辩证。

延伸思考

杞国人的朋友是怎样劝他的？

相关评价

我们要胸怀大志，心境开阔，为了实现远大的理想，把整个身心投入到学习和工作中去，而不是整天为一些没有必要的事情担忧。

李离殉法

中国历史上有很多执法如山、公正不阿的人，本文中李离就是一个典型代表，我们来看看他是怎样做事的吧……

---

❶**叙述说明**
点明了李离的秉性，引出下文。

李离是春秋时期晋国掌管刑罚的最高长官。①李离执法如山、公正不阿，视法律比生命更重要，是我国历史上一位了不起的人物。

李离断案，一向都是细致入微，极其认真，所以他经手的案子从无差错。可是有一天，李离在查阅过去的案卷时，竟发现了一起错杀的冤案，他感到惊骇不已，惭愧万分。他觉得自己犯下了不可饶恕的罪过，不但不配再做执法的长官，而且给国家的法律抹了黑。于是，李离让手下人将自己捆绑起来，送到晋文公那里，请求晋文公将自己处死。

读书笔记

晋文公对李离这种严于律己的行为十分赞赏，也为他的诚心实意所感动。晋文公不但没有怪罪李离，还亲自为他解开身上的绳索。

❷**语言描写**
晋文公劝李离，认为这不是李离的错，所以不怪李离。

晋文公劝李离说：②"这件案子是下面搞错的，并不是你的罪过。再说，每个官员的职务有高有低，因此相应的处罚也该有轻有重。何况这件案子又不是你直接办理的，我怎么能怪罪于你呢？"

可是李离依然长跪不起，他坚持说："臣下的官职最高，从没把自己的权力让给下属；平时享受的俸禄也最多，也并没有把俸禄分给下属。今天我有了过错，怎么可以把责任推给下面的人呢？现在出了错案，我理当承担罪责。还是请大王将我处死吧。”

晋文公有些不高兴了，说：[1]“你认为下属出了问题，责任在你这个上司的身上。如果照你的逻辑去推断，那不是连我也该有罪了吗？”

李离回答说：“我是掌管刑罚的最高长官，国家法律早有规定：判错刑者服刑，杀错人者要被杀。大王信任我，将执行国家刑罚的重任交给了我，而我却没能深入调查，明断真伪，以至于造成了错杀无辜的冤案。按法律我应受到处置，因此处死我是理所当然！如果我不自觉伏法，那法律的尊严还能受到别人的重视吗？”

[2]说完，李离猛地从卫士手里夺过宝剑，使尽力气朝自己脖子上抹去，顿时鲜血迸溅，气绝身亡。

晋文公阻拦不及，好长时间都唏嘘不已。

❶语言描写

晋文公对李离的话感到生气，他认为按照李离的说法那他也有错了。

❷动作描写

李离认为这宗冤案是自己的错，所以自杀身亡，体现了他公正不阿、执法如山。

精华赏析

本文讲述了李离发现了一起错杀的冤案，他认为这是自己的错，所以最后自杀身亡的事情，体现了他的公正不阿、执法如山的品性。

延伸思考

李离有什么品质？

相关评价

李离的行为告诉我们“在法律面前人人平等”的思想，让我们做了坏事不要抱着侥幸心理。

扁鹊说病

扁鹊是春秋时期的一位名医，他只需望闻问切便能替人看病，我们来看看他的医术是怎样体现出来的吧……

❶叙述说明

扁鹊医术高明，经常为君王治病，引出下文。

❷语言描写

扁鹊看了看桓公，就称他的病情将会恶化，体现了他的医术高明。

[①]春秋时期有一位名医，人们都叫他扁鹊。他医术高明，经常出入宫廷为君王治病。有一天，扁鹊巡诊去见蔡桓公。礼毕，他侍立于桓公身旁细心观察其面容，然后说道："我发现君王的皮肤有病，您应及时治疗，以防病情加重。"桓公不以为然地说："我一点儿病也没有，用不着什么治疗。"扁鹊走后，桓公不高兴地说："医生总爱在没有病的人身上显能，以便把别人健康的身体说成是被医治好的。我不信这一套。"

十天以后，扁鹊第二次去见桓公。他察看了桓公的脸色之后说："您的病已经到肌肉里面去了，如果不治疗，病情还会加重。"桓公还是不信这话。扁鹊走了以后，桓公对"病情还会加重"的说法深感不快。

又过了十天，扁鹊第三次去见桓公。他看了看桓公，说道：[②]"您的病已经发展到肠胃里面去了，如果不赶紧医治，病情将会恶化。"桓公仍不相信。他对"病情恶化"的说法更加反感。

照旧又隔了十天，扁鹊第四次去见桓公。两人刚一见面，扁鹊扭头就走。这一下倒把桓公搞糊涂了，他心想：

“怎么这次扁鹊不说我有病呢？”桓公派人去找扁鹊问原因。扁鹊说：[1]“一开始桓公皮肤患病，用汤药清洗、火热灸敷容易治愈；稍后他的病到了肌肉里面，用针刺术可以攻克；后来桓公的病患至肠胃，服草药汤剂还有疗效。可是目前他的病已入骨髓，人间医术就无能为力了。得这种病的人能否保住性命，生杀大权在其命数。我若再说自己精通医道，手到病除，必将遭来祸害。”

五天过后，桓公浑身疼痛难忍。他看到情况不妙，主动要求找扁鹊来治病。派去找扁鹊的人回来后说：“扁鹊已逃往秦国去了。”[2]桓公这时后悔莫及。他挣扎着在痛苦中死去。

❶**语言描写**

扁鹊解释了自己不说桓公有病的原因，即桓公已经病入膏肓了，扁鹊自己都束手无策了。

❷**叙述说明**

桓公病入膏肓，说明讳疾忌医的害处。

精华赏析

扁鹊为蔡桓公看病，但是桓公不相信扁鹊的话，最后等到他后悔时已经晚了，所以桓公最后不治而亡了。这个故事告诫我们要善于倾听别人的建议，防微杜渐。

延伸思考

1.扁鹊是怎样给桓公看病的？

2.扁鹊后来为什么不给桓公看病了呢？

相关评价

对于自身的疾病以及社会上的不良倾向，都不能讳疾忌医，而应防微杜渐，正视问题，及早采取措施，予以妥善解决。否则，等到病入膏肓，或酿成大祸之后，将会无药可救。

郗君为甲

作为国君，做事情应该考虑周到，不能完全相信臣子的话。郗君就没有做到这一点，我们来看看这是怎么一回事吧……

❶叙述说明 介绍了郗国将士所穿的战袍所用的原料，引出下文。

古时候，在现今山东省邹县一带曾有一个国名为郗的小国。[①]这个国家的将士所穿的战袍，一直用帛为原料。

因为用帛缝制的战袍不结实，所以郗国有个名叫公息忌的臣属向郗君建议说："做战袍还是以丝线作原料为好，战袍耐用的关键在于缝制必须严实。虽然用帛缝制的战袍从外观上看也很严实，但是由于帛本身不结实，我们只需一半的力气就可以把它撕开。如果我们先把丝线织成布，再用丝线布制作战袍，即使你用尽全身的力气去撕它，也不能把它撕破。"

❷对话描写 公息忌建议郗君让老百姓生产丝线布来缝制战袍。

郗君觉得公息忌的话很有道理，但是担心一时找不到这种原料，因此对公息忌说：[②]"缝制战袍的人上哪儿去弄那么多的丝线布呢？"公息忌回答说："只要说是国君想用丝线布，老百姓还有生产不出来的道理吗？"郗君想到改变郗国多年沿用的以帛做战袍的传统并不困难，于是说了一声："好，就按你的想法去办吧！"随后郗君下令全国各地的官府立即督促工匠改用丝线布做战袍。

公息忌知道郗君的政令很快就要在各地施行起来，所以叫自己家里的人动手去搓丝线。那些因为公息忌在君王面前露了脸而妒忌他的人，看到公息忌家里的人又走在别人前面搓起丝线来了，于是借故到处中伤他说：[1]“公息忌之所以要大家用丝线布制作战袍，原来是因为他家里的人都擅长制作丝线！”

郝君听了这种说法以后很不高兴。他马上又下了一道命令，要求各地立即停止丝线布的生产，还是按老规矩用帛做战袍。

郝君不注意搓丝线和提高战袍质量在目标上的一致性，[2]仅以一些流言蜚语来决定政策的做法是十分愚蠢的。

❶**语言描写**

有人向郝君进谗言，污蔑公息忌，表现了他们心胸狭窄，目光短浅，做事只图一时之快。

❷**议论**

讽刺了郝君听信谗言，做事不加思索。

精华赏析

本文讲述了郝君听信谗言而随意改变决策的故事，讽刺了像他这样做事不加思索、听信流言蜚语的人。

延伸思考

1.郝君为什么改变了决策？
2.这个故事讽刺了哪类人？

相关评价

判断一个人的言行是否正确，不能以某个人的好恶为标准，而应该看一看它是否符合全国人民的共同利益。在生活中，有一些喜欢嫉妒的人看到别人比自己优秀，就会散播谣言对这人进行诋毁，如果领导者听信谣言，就会失去一个优秀的人才，所以要懂得分辨是非，不要相信谣言。

秀才讨钱

名师导读

人不要太贪心，否则，到头来会竹篮打水一场空。文中秀才便是这样的人，我们来了解一下吧……

一位秀才正在书房里读书，突然听见敲门声。开门一看，原来是位白发苍苍的老翁，相貌长得很古怪。让进屋后，秀才问老者姓名，老人说：①"我姓胡，名叫养真，其实是千年修炼得道的狐仙。因为仰慕秀才您的高雅，愿和您交个朋友，谈谈学问和诗文。"

①语言描写 老人道明了自己的姓名、身份以及前来的目的。

秀才从来豁达随和，听了并不以为怪，于是便同老翁谈古论今起来。老翁十分博学，谈吐极为精彩、风雅，叩问他经史百家的经典要义，居然能理解深透，解释精妙，真是出口成章，气度不凡。秀才感到很出乎意料，因此对老翁十分佩服，从此结为知交。

有一天，在交谈中秀才小声地请求老翁道：②"您对我很好，可是，您看我这么穷，有时连饭都吃不饱。您是得道仙人，只要费举手之劳，金钱肯定会马上到手。真对我好，何不给我一点小小的周济、帮助呢？"老翁一听，沉默了一会儿，有点不以为然的样子。稍后又笑道："这是很容易的事，但需要十几个钱作母钱，好生许多子钱。"秀才

②语言描写 秀才想让老人周济、帮助自己，体现了他的贪婪、懒惰。

注释

出口成章：说出话来就成文章。形容文思敏捷，口才好。

照办了。老翁于是同秀才来到一间密室，一边慢慢踱步，一边嘴里念咒语。忽然，[1]只见钱堆了半屋，足有三尺高。老翁问秀才："您看够了吗？""够了够了！"秀才喜不自禁。于是两人先后出来，把门关好。送走老翁后，秀才就进密室去取钱。可开门一看，满屋的钱顷刻都不见了，只剩下原来作母钱的十几个钱，还稀稀落落地丢在地上。秀才大失所望，气呼呼地去责问老翁为何欺骗和戏弄自己。老翁淡淡地对秀才说：[2]"我本来是要和您结个文字之交相互切磋，并没想到跟您合谋去广积钱财。刚才满屋子钱都是我临时从别人那里借来的，为了清白，只好又还给人家了。如果您还想发额外之财，就请您去跟会偷盗的'梁上君子'做朋友吧！老夫不能成全您了。"说完，老翁拂袖而去。

❶比喻 钱堆了半屋，形象生动地表明了钱很多。

❷语言描写 老翁解释了满屋的钱不见的原因，他只想跟秀才结个文字之交。

精华赏析

本文讲述了老翁为秀才变钱，又将钱送走的故事，目的是告诫我们要交与自己志趣相投的朋友，同时做人也不要太贪婪。

延伸思考

1.秀才是一个怎样的人？
2.本文告诫我们什么？

相关评价

交朋友要以真诚相待，你用真心对待别人，别人也会用真心对待你。

黔驴技穷

名师导读

人们往往对从未见过的事物既好奇又害怕，但是时间久了，了解了这个事物，便不再害怕了。其实动物跟人一样，也有这样的感受。我们通过本文来看看吧……

❶**叙述说明** 简述了古时候贵州一带没有驴的背景知识，引出下文。

①古时候，贵州一带没有驴，那里的人们对于驴的相貌、习性、用途等都不熟悉。有个喜欢多事的人，从外地用船运了一头驴回贵州，可是一时又不知该派什么用场，就把它放到山脚下，任它自己吃草、散步。

一只老虎出来觅食，远远地望见了这头驴。老虎从来没有见过驴，看到这家伙身躯庞大，耳朵长长的，脚上没有爪，样子挺吓人的。老虎有点儿害怕，在心里琢磨："什么时候跑出这么个怪物来了，看上去似乎不太好惹。还是不要贸然行事，观察一下再说吧。"

连续几天，老虎都只敢躲在密密的树林里面观察驴的行为。后来老虎觉得驴好像不是很凶狠，就大着胆子小心翼翼地慢慢靠近它，但还是没有搞清楚它到底是个什么东西。

❷**叙述说明** 介绍了驴的本领之一，即驴会长叫，声音响亮。

②有一天，老虎正慢慢地接近驴，驴忽然长叫了一声，声音十分响亮。老虎吓了一跳，以为驴想吃掉它，回头转身就跑。跑到较远的地方，老虎又仔仔细细地观察了驴一番，觉得它似乎没什么特别厉害的本领。

又过了几天，老虎渐渐习惯了驴的叫声，于是它又进一步和驴接触，以便更深入地了解它。老虎终于走到驴身边，围着它又叫又跳，有时还跑过去轻轻挨一下驴的身体再跑开。

①驴终于被老虎戏弄得愤怒极了，就抬起蹄子去踢老虎。开始的时候，老虎还稍有点儿惊惶，不久见驴再也无计可施，终于明白了，原来驴也只有这么一点儿本事。

老虎非常高兴，嘲笑驴说：②“你这个没用的大家伙，原来也就这么几招本事啊！”说着老虎就跳起来扑上去，咬断了驴的喉管，吃光了驴的肉，心满意足地离开了。

①叙述说明 告诉我们驴的另一本领，即驴会用蹄子踢敌人。

②语言描写 老虎知道了驴的所有本领，便嘲笑驴。

精华赏析

这个故事主要讲述了老虎逐渐知道驴的所有本领后，便将它吃掉的事情，这告诉我们一个道理：要有真才实学才能在现实社会中生存下去。

延伸思考

1.驴有哪些本领？

2.这个故事告诉了我们一个什么道理？

相关评价

不要害怕外表看似强大的东西，只要你细心观察，总能发现对方的弱点，然后朝着他的弱点进行攻击。做人也要练就真本事，仅靠花哨的外表唬人，是不会长久的，到头来，吃亏的总还是自己。

赵奢秉公办事

名师导读

赵奢秉公办事，不畏权势，那么他的这些品质体现在哪些方面呢？我们来了解一下吧……

---

❶叙述说明

简述了赵奢曾经只是一个小官，但他却有很好的品质。

❷语言描写

赵奢对平原君的管家聚众闹事、拒缴国家税收的行为非常气愤，体现了他刚正不阿的秉性。

❸语言描写

赵奢用道理规劝平原君，既保住了平原君的面子又让平原君缴纳国税，体现了他善于言辞、不畏权势的品质。

[①]赵奢年轻的时候，曾担任赵国征收田税的小官。官职虽小，可赵奢忠于职守，秉公办事，不畏权势。

一次，赵奢带着几名手下到平原君家去征收田税。这平原君名叫赵胜，是赵国的相国，又是赵王的弟弟，位尊一世。平原君的管家见赵奢前来收税，根本就不把他放在眼里，态度十分骄横，蛮不讲理。他招来一伙家丁，把赵奢和几个手下人围了起来，不但拒缴田税，还无理取闹。赵奢十分气愤，他大喝道：[②]“谁敢聚众闹事，拒缴国家税收，我就按国法从事，不论他是谁！”管家仗着自己是平原君家的要人，对赵奢的话不以为然。结果，赵奢真的依照当时的国家法律，严肃地处理了这件事，杀了平原君家包括管家在内的九个参与闹事的人。

平原君知道这件事后，大发雷霆，扬言要杀掉赵奢。有很多人都劝赵奢赶快逃到别国去躲一躲，以免遭杀身之祸。

可是赵奢一点儿也不害怕，他说：“我以国家利益为重，依法办事，为什么要逃避？”他主动上门到平原君家去，用道理规劝平原君说：[③]“您是赵国的王公贵族，不应该放纵家人违反国家法令。如果大家都不遵守国家法律，都拒不缴纳国家田税，那国家的力量就会遭到削弱。国家一削弱，就会遭到别国的侵犯，甚至还会把我们赵国灭掉。如果到了那一天，您平原君还能保住现在这样的富贵吗？像您这样身处高位的人，如果能带头遵守国家各项法令、制度，带头缴纳田税，那么上上下下的事情就可以得到公平合理的解决，天下人也会心悦诚服地缴租纳税，那么，国家也就会强盛起来。国家强盛，这其实也是平原君您所希望的呀。您身为王族贵公子，又担当相国重任，怎么可以带头轻视国家法令呢？”

一席话，说得平原君心服口服，也对赵奢以国家利益为重、秉公办事的态度十分赞赏。他认定赵奢是个贤能的人才，就把赵奢推荐给赵王，赵王命赵奢统管全国赋税。

打这以后，赵国的税赋公正合理，适时按量收缴，谁也不徇私情。国库日益得到充实，老百姓也渐渐富裕起来。

①赵奢不畏权势，奉公执法，如果人人都这样，何愁国家不强盛！

❶议论

以赵奢的例子来劝诫每个人，如果人人都能像他一样，那么国家肯定会强盛起来。

精华赏析

本文讲述了赵奢以道理劝说平原君缴纳田税的事情，突出赵奢秉公办事、不畏权势的优秀品质。

延伸思考

赵奢是怎样劝说平原君的？

相关评价

在国家利益面前，权位再高的人都要让步。我们要以国家利益为重，而不是以个人利益为重。

妄语害人

名师导读

谎话说多了总会遭到报应的，文中这个姓张的人就遭到了报应。我们来看看吧……

从前，在一个村子里有一个姓张的人，这人性情乖谬、狡诈，对人从不说实话，即使对至亲也是鬼话连篇。人们便给他取了个绰号，叫他“鬼火”，①意思是他说出的话，就像夜晚坟地里的鬼火一样，影影绰绰，时隐时现，让人捉摸不定。

❶叙述说明 解释了人们叫他“鬼火”的原因，即他说话让人捉摸不定。

不了解他的人，有时问路或做事向他请教，一定会被他的谎话骗得很苦。上当的人实在不少，所以凡是认识他的人，没有谁会相信他，他的人缘自然也很不好。

有一天，“鬼火”和父亲到外乡去走亲戚，回来的时候天已经黑下来了，他们只好赶夜路回家。

“鬼火”和他的父亲出了村子不远便迷了路，不知该往哪边走。借着月光看见前边不远处有几个人坐在田埂上说话，“鬼火”便向那几个人打听路：②“请问诸位，往张庄怎么走才对？”

❷对话描写 “鬼火”向人打听路，为下文他们走入沼泽地埋下伏笔。

那几个人用手一指：“往北一直走，两个时辰就到了。”

“鬼火”和父亲按照那些人的指点，一直往北走去，走了差不多有两个时辰的时候，发现不对，根本没有村庄的影子，前边全是庄稼地。

正在犹豫不决，迎面走过来两个人，于是“鬼火”赶紧向这两个人打听：“请问，往张庄怎么走才对？”

那两个人往左边路上一指，说：“往那边走，不太远了。”

父子俩又按这两个人的指点往左边的路上走去，没走多远，便陷进了泥沼。两个人慌了手脚，拼命往外挣扎，结果越陷越深，急得父子二人大叫：“救命啊！救命啊！”

这时，父子二人隐隐约约听到身边有人在一边笑一边说，却看不见人影：“哈哈，让你也尝尝谎话骗人的滋味。”

读书笔记

精华赏析

本文讲述了一个姓张的人经常骗人，后来他和父亲被人骗了一回，总算是遭了报应的事情，告诫我们为人要诚实，善待别人。

延伸思考

人们为什么称那个人为“鬼火”？

相关评价

做人要诚实，只有当你以真诚对待他人时，他人才会以真诚对待你。如果你总是欺骗他人，那么别人就不会再相信你的话。一旦你遇到困难，向他人求助时，别人也会认为你在捉弄他，那时候，你连帮助自己的人都找不到了。而且一个总是欺骗他人的人，不仅得不到他人的信任，而且还会遭到别人讨厌，有时候也会以其人之道还治其人之身。

捕蛇人的苦衷

毒蛇的作用非常大,因此有许多人捕蛇,但是他们干这项工作也是有不得已的苦衷的。我们来了解一下吧……

---

❶**叙述说明** 永州城的野外有一种蛇,交代了这种蛇的特点和功效。

①在永州城的野外,有一种十分珍稀的蛇,这种蛇周身呈黑色,并有白色花纹。虽然它的外表并没有什么奇特之处,但用它的剧毒制成的蛇药具有的特殊功效,让人不能不刮目相看。

凡这种蛇经过的地方,花草树木一概因受毒而枯死。人如果被它咬伤,根本无药可治,只能束手待毙。可是,如果能够捉到这种蛇,并将其晒干,制成蛇药,却可以治许多疑难病症。

为此,皇帝曾下旨,普告永州百姓,凡能捕到此种毒蛇者,可以以此顶替租税。

每年,御医都要奉圣旨到永州来征收这种毒蛇。永州的百姓也确有很多人开始以捕蛇为业。

❷**叙述说明** 说明了姓蒋的人家的捕蛇历史,引出下文。

②一位姓蒋的人家已经有三代捕蛇的历史了。蒋先生的祖父是第一代从事捕蛇工作的,他用大半生的时间捕蛇,最后不幸死在毒蛇的口里;他的父亲也是一辈子从事这种工作,结果也死在捕蛇上了;蒋先生自己也已经人到中年,捕了二十多年的蛇,经历了无数次的危险,多少次差一点儿也死在毒蛇的口里。蒋先生每当与人谈起捕

蛇的事,话语中便充满了悲哀和痛苦。

有一次,有人问他:①"你既然那么憎恶这项工作,又何必要继续做呢?干脆换个别的工作去做,即使重新恢复缴纳税赋,也没什么不可以的。"

❶语言描写 别人的疑问引出全文的主旨。

蒋先生连连摇头,哀伤地流下眼泪,悲痛欲绝地回答:②"你们不了解这儿的情况才会这样想。我如果不做这项工作,就更活不下去了。我们家三代人,几十年生息在这里,这里百姓的境况我们看得清清楚楚。他们的生活眼看着一天比一天艰难,每个人家每年地里和家里的所有收入统统交给官府作为租税,有时还不够,挨饿受冻是常有的事。原来的乡亲邻居如今死的死、逃荒的逃荒,已经没有几家安生地住在这里了。和他们相比,我虽然每年要冒两次险,但总还有些温饱的日子可过,也就不能不知足了。"

❷语言描写 蒋先生解释了自己不得不做这项工作的原因,即为了生活。

精华赏析

本文讲述了一个姓蒋的先生憎恶捕蛇这项工作,但他为了生活又不得不干这份工作的事情,体现了当时的百姓生活非常艰苦。

延伸思考

1.永州的这种蛇有什么特点?

2.蒋先生为什么不得不做这项工作?

相关评价

生活是艰辛的,安逸生活的背后是冒着生命危险,说明没有人能够坐享其成。

塞翁失马

名师导读

任何事情都有正反两个方面，我们做事情一定要考虑到相反的一面。塞翁就是这样一个善于思考的人，我们来一起学习他的这种品质吧……

从前，有位老汉住在边塞地区，来来往往的过客都尊称他为“塞翁”。①塞翁生性达观，为人处事的方法与众不同。

❶**叙述说明** 介绍了塞翁的品质，引出下文。

有一天，塞翁家的马不知什么原因，在放牧时竟迷了路，回不来了。邻居们得知这一消息以后，纷纷表示惋惜。可是塞翁却不以为意，他反而释怀地劝慰大伙儿：“丢了马，当然是件坏事，但谁知道它会不会带来好的结果呢？”

果然，没过几个月，那匹迷途的老马又从塞外跑了回来，并且还带回了一匹边塞的骏马。于是，邻居们又一齐来向塞翁贺喜，并夸他在丢马时有远见。然而，这时的塞翁却忧心忡忡地说：②“唉，谁知道这件事会不会给我带来灾祸呢？”

❷**语言描写** 塞翁认为家中平添一匹骏马并不是什么好事，为下文他的儿子摔伤腿做铺垫。

塞翁家平添了一匹骏马，他的儿子喜不自禁，于是就天天骑马兜风，乐此不疲。终于有一天，儿子因得意而忘形，竟从飞驰的马背上掉了下来，摔伤了一条腿，造成了终生残疾。善良的邻居们闻讯后，赶紧前来慰问，而塞翁却还是那句老话：“谁知道它会不会带来好的结果呢？”

注释

乐此不疲：因喜欢做某件事而不知疲倦。形容对某事特别爱好而沉浸其中。

又过了一年，边塞形势骤然吃紧，身强力壮的青年都被征去当了兵，结果十有八九都在战场上送了命。①而塞翁的儿子因为是跛腿，免服兵役，所以他们父子得以避免了这场生离死别的灾难。

❶**叙述说明** 解释了塞翁的儿子没有被征去当兵的原因，即他的儿子是个跛腿。

精华赏析

本文讲述了塞翁处事的方法与众不同，他总能想到事情的相反面，所以他的儿子摔断了腿后，他也不伤心。这个故事告诉我们做事情要考虑正反两个方面。

延伸思考

1.塞翁是一个怎样的人？

2.这个故事告诉我们应该怎样看待问题？

相关评价

任何事情都不是绝对的，大家看待问题的时候，也不要轻易妄下结论。在一定的条件下，对立的两个方面是可以相互转换的，所以在看待问题上，一定要一分为二全面分析。在对待祸福问题上，遇到好运时，要居安思危，不能得意忘形；遇到祸患时，不要惊慌失措，要临危不惧。有时候好事也能转化为坏事，坏事也有可能转化为好事。

还有，人一定要保持乐观、积极向上的心态，这样不管面对怎样的情况，都不会不知所措。

愚公移山

名师导读

据说，很久很久以前，太行和王屋两座大山并不在现在的位置，是有人把它们移到这里来的。这究竟是怎么回事呢？我们来了解一下吧……

❶叙述说明 介绍了太行和王屋两座大山的来源、占地面积、高度。

[1]太行和王屋两座大山，占地七百余里，高逾万丈，传说是从冀州与河阳之间迁徙而来。

那还是在很久很久以前，有位名叫愚公的老人，已经快九十岁了，他的家门正好面对着这两座大山。由于大山阻塞交通，与外界交往要绕很远很远的路，极为不便。为此，他将全家人召集到一起，共同商议解决的办法。愚公提议："我们全家人齐心合力，共同来搬走屋门前的这两座大山，开辟一条直通豫州南部的大道，一直到达汉水南岸。你们说可以吗？"大家纷纷表示赞同这一主张。

❷语言描写 愚公的老伴替愚公担心，而她的担心不无道理。

这时，只有愚公的老伴有些担心，她瞧着丈夫说：[2]"靠您的这把老骨头，恐怕连魁父那样的小山丘都削不平，又怎么对付得了太行和王屋这两座大山呢？再说啦，您每天挖出来的泥土、石块，又往哪儿搁呢？"儿孙们听后，争先恐后地抢着回答："将那些泥土、石块都扔到渤海湾和隐土的北边去不就行了？"

决心既下，愚公即刻率领子孙三人挑上担子，拿起锄头，干了起来。他们砸石块，挖泥土，用藤筐将其运往渤海湾。他家有个邻居是寡妇，只有一个七八岁的小男孩，也蹦蹦跳跳地赶来帮忙，工地上好不热闹！任凭寒来暑往，愚公祖孙很少回家休息。

有个住在河曲名叫智叟的人,看到愚公率子孙每天辛辛苦苦地挖山,感到十分可笑。他劝阻愚公说:“你也真是傻到家了!凭着你这一大把年纪,恐怕连山上的一棵树也撼不动,你又怎么能搬走这两座山呢?”

愚公听后,不禁长长地叹了一口气。他对智叟说:“你的思想呀,简直是到了顽固不化的地步,还不如那位寡妇和她的小儿子哩!当然,我的确是活不了几天了。可是,我有儿子,儿子又生孙子,孙子还会生儿子,这样子子孙孙生息繁衍下去,是没有穷尽的,而眼前这两座山却是再也不会长高了。只要我们坚持不懈地挖下去,还愁会挖不平吗?”面对愚公如此坚定的信念,智叟无言以对。

读书笔记

当山神得知这件事后,便去禀告玉帝。玉帝被愚公的精神感动了,于是就派两个大力士神来到人间,将这两座山给背走了,一座放到了朔方的东部,一座放到了雍州的南部。从此以后,冀州以南一直到汉水南岸,就再也没有高山挡道了。

精华赏析

本文讲述了愚公决心将王屋和太行两座大山移走,并率领子孙一起来挖山,这件事感到了玉帝,玉帝命人将这两座大山背走的事情。这个故事赞美了愚公持之以恒的精神和坚定的信念。

延伸思考

太行和王屋这两座大山是怎样被移走的呢?

相关评价

无论遇到什么困难的事情,只要有恒心有毅力地做下去,就有可能成功。

万字难写

名师导读

有时候，懂得举一反三并不是一件好事，反而会给自己带来麻烦。让我们来看看文中的主人公是怎样举一反三的吧……

汝州农村有个老翁，家道殷实，十分富有。可是他祖祖辈辈都是文盲，连"之乎者也"等最简单的字都不认识。[1]不识字干很多事都极不方便，老翁尝够了苦头，决心让儿子念书识字。

❶叙述说明 老翁因为不识字尝够了苦头，所以他想让儿子念书识字。

有一年，老翁聘请了一位楚国的读书人教他的儿子认字。第一天上学，老师用毛笔在白纸上画了一笔，告诉老翁的儿子说："这是个'一'字。"老翁的儿子学得很认真，牢牢地记住了，回去后就写给老翁看："我学了一个字——'一'。"老翁见儿子学得用功，看在眼里，喜在心里。

第二天上学，老师又用毛笔在纸上画了两笔，说："这是个'二'字。"这回，儿子不觉得有什么新鲜了，记住了就回家了。

到了第三天，老师用毛笔在纸上画了三笔，说："这是个'三'字。"儿子眼珠一转，仿佛悟到了什么，学也不上了，扔下笔就兴高采烈地奔回去找到父亲说：[2]"认字实在简单，孩儿已经学成了。现在不用麻烦先生了，免得花费这么多的聘金请先生，请父亲把先生辞退了吧。"见到儿子这么聪明，老翁高兴地准备酬金辞退了老师。

❷语言描写 老翁的儿子"举一反三"，以为识字很简单，表现了他的自以为是。

过了几天，老翁想请一位姓万的朋友来喝酒，就吩咐儿子一大早起来写个请帖。儿子满口答应了："行，这还不容易吗。看我的吧。"

老翁看儿子蛮有把握，就放心地去做其他的事情了。时间慢慢地过去，眼看太阳都快偏西了，还不见儿子写好，老翁不禁有些急了：①"儿子这是怎么了？"等了又等，老翁终于不耐烦了，亲自到儿子房里去催促。

进得门来，老翁见儿子愁眉苦脸地坐在桌边，纸在地上拖得老长，上面尽是黑道道。儿子正拿着一把蘸满墨的木梳在纸上画着，一见父亲进来便埋怨道：②"天下的姓氏那么多，他为什么偏偏姓万呢？我借来了母亲的木梳，一次可以写二十多画，从一大早写到现在，手都酸了，也才写了不到三千画！'万'字真难写呀！"

①语言描写

老翁的疑问设置了悬念，引出下文。

②语言描写

老翁的儿子以为"万"字是要写一万画，体现了他的愚蠢、自以为是。

精华赏析

这个寓言故事讲述了一个老翁的儿子认为读书很简单，只要举一反三就行了，讽刺了像他这种自以为是的人。

延伸思考

1.老翁的儿子以为"万"字怎样写？

2.这个故事讽刺了哪类人？

相关评价

做人不能自作聪明，这样不仅学不到知识，而且还可能会闹出大笑话。在学习的过程中，我们要脚踏实地，认认真真地学习，不然什么都学不好。

大鹏与焦冥

名师导读

大自然无奇不有，那么其中最大的生灵和最小的生灵分别是什么呢？让我们来认识一下吧……

❶叙述说明 介绍了晏子的秉性，引出下文。

晏子是齐国有名的贤相。[①]晏子很有学问，足智多谋，善于讽喻又敢于直谏。他经常跟齐王一起议论国家大事和谈论学问。

有一天，齐景公和晏子坐在一起聊天。齐景公问晏子说："天下有极大的东西吗？"晏子回答说："有哇！大王想要我说给您听吗？"齐景公说："我想知道天底下最大的生灵是什么。"

晏子说："在北方的大海上，有种叫大鹏的鸟，它们的脚游动在云彩之中，背部高耸入青天，而尾巴则横卧在天边。大鹏在北海中跳跃着啄食，它的头和尾就充塞在天和地之间。它的两个阔大的翅膀一伸展，就无边无际看不到尽头。"

❷对话描写 晏子告诉齐景公天下最小的生灵是焦冥，它们小得可以在蚊子的眼睫毛上筑巢，体现了晏子的博学多识。

齐景公惊奇地说："真是不可想象！不可想象！[②]那么，天下有没有极小的生灵呢？"晏子回答说："当然有。东海边有一种小虫，它小到可以在蚊子的眼睫毛上筑巢。这种小虫子在巢里一代一代地繁衍生息。它们经常在蚊子的眼皮底下飞来飞去，可是蚊子连丝毫的感觉也没有。"

齐景公说："太妙了，我从来没有听说过这种新奇的事，那是什么虫子呀？"

晏子说："我也不知道确切的名字叫什么，只听说东海边有些渔民称这种虫子为'焦冥'。"

齐景公十分感慨地说："世界之大，真是无奇不有啊！"

大鹏和焦冥，是先人们想象中的极大和极小的生灵。[1]宇宙中物质的存在和运动，形式是极其复杂、多样的，因此，我们对世界的认识和对知识的追求也是永无止境的。

[1] **议论** 大自然是无奇不有的，因此我们应该保持对自然的好奇和对知识的追求。

精华赏析

这个故事讲述了晏子向齐景公介绍了天下极大的生灵和极小的生灵，告诉我们对世界的认识和对知识的追求应该是永无止境的。

延伸思考

1.天下极大的生灵有哪些特征？

2.这个故事告诉我们什么？

相关评价

世界之大，无奇不有。不要学到一点知识之后就沾沾自喜，以为自己懂得很多。其实宇宙中物质的存在和运动，形式是极其复杂、多样的，不是我们一下子能够完全了解的，需要我们不断地去认识、去探索。所以不管什么情况下，我们都应该保持谦虚谨慎的态度，遇到自己不懂的事情不要觉得不好意思，要主动向他人学习。只有不断地学习和探索，才能掌握更多的宇宙奥秘。

曹冲称象

名师导读

曹冲自幼聪明伶俐、智慧过人，下面就让我们来学习他的这些品质吧……

三国时期，魏王曹操有个小儿子，名字叫作曹冲。曹冲自幼聪明伶俐、智慧过人，深得曹操的宠爱。[1]曹冲做事爱开动脑筋思考，虽然只有五六岁的年纪，却可以想出办法来解决一些连大人都束手无策的问题。

❶叙述说明 介绍了曹冲的优点，引出下文他是怎样帮助他人解决问题的。

有一天，吴王孙权派人给曹操送来了一头大象作为礼物。北方是没有大象的，曹操第一次见到这样的庞然大物，心下很是好奇，就问送大象来的人说："这头大象究竟有多重？"来人回答："鄙国从来没有称过大象，也没有办法称，所以不知道大象有多重。早就听说魏王才略过人，手下谋士众多，个个都智慧超群，请您想个办法称称大象的重量，也让我等领教一下北方大国的风范。"

[2]曹操顿时明白这是孙权给他出的一道难题，他可绝对不能丢这个面子，让国威受损。于是他召集群臣，传令下去：能称出大象重量的人，重重有赏。大家都绞尽了脑汁，苦苦思索。有人说要做一杆大秤，曹操反驳说就是做出来了，也没有人能提得动啊。有人说要把大象锯成一块块地零称，曹操斥责说怎么可能把吴国送的礼物毁坏成这样呢？人们你一言我一语，就是没人想出一个切实

❷心理描写 曹操知道了孙权的目的之后，便暗下决心不能让国威受损。

可行的办法。

就在大伙儿都一筹莫展之际，小曹冲忽然走到曹操身边说道：[1]“父王别着急，我有办法。我们可以先把大象牵到船上，在船帮齐水处做个记号，再将大象牵走，把石头运到船上去，一直到船到达先前做的记号为止，这时石头的重量就和大象的重量相等了。然后，我们再把石头分别称一称，把这些重量加起来，不就知道大象有多重了吗？”

[2]曹操听了大喜，众人也对曹冲的聪慧赞叹不已。就这样，大象的重量终于被称出来了。

❶语言描写

曹冲为曹操出谋划策，突显了他的机智、聪慧。

❷叙述说明

曹操以及其他人都对曹冲的聪慧赞叹不已。

精华赏析

这个故事叙述了曹冲帮曹操称大象的事情，体现了曹冲的灵活多变、聪慧过人。

延伸思考

1. 曹冲是一个怎样的人？
2. 曹冲是怎样称大象的？

相关评价

遇到事情之后要善于观察，解决问题不在年龄大小，关键在于你能否开动脑筋，有时候小孩子也能办大事。同时也告诉我们不要小看任何人，小孩子有时候也比大人聪明。在思考问题的时候，不要让我们的思维受到限制，要学着从多个角度思考。

薛谭学唱歌

名师导读

常言道：满罐子不荡半罐子荡。现实生活中有许多这样的人，自以为拥有一点才能便了不起了，文中的薛谭就是这样的人，我们来看看吧……

---

①古时候有个叫薛谭的人喜欢唱歌，他唱的歌很好听。薛谭在学习唱歌的时候，是拜当时唱歌唱得非常好的秦青为老师，向秦青学唱歌。秦青也很耐心地教他，告诉他应该怎样练音，怎样唱出节拍，怎样在唱歌时投入情感等。薛谭学了一段时间后，他唱的歌好听多了，但是他还没有把秦青的本领全部学到手便自以为学会了，可以出师了，便向秦青提出要告辞回家。

> ❶叙述说明
> 向我们介绍了薛谭唱歌很好听，引出下文。

秦青听到薛谭不打算继续学习而要告辞回家的意思后，也不劝阻他，就在薛谭临行的那天，在郊外的大路旁摆了酒为他送行。当饮完临别酒后，秦青自己却向着他的学生——薛谭打着节拍，自己唱着送别的歌曲。秦青唱着唱着，②他的歌声慷慨悲壮，在树林中萦绕，树木都仿佛被这抑扬动听、悲壮激昂的歌声震动了；那歌声优美动听、婉转洪亮，在天空回荡，连天上的彩云也仿佛是被什么阻住，也不浮动了，好像伫立在天空静听着。

> ❷拟人
> 树木被拟人化了，被秦青的歌声所震动，烘托了他的歌声非常慷慨悲壮。彩云也有了人的感情，静听着秦青的歌声，突出他的歌声非常优美动听、婉转洪亮。

听到秦青为他送行唱的歌一会儿慷慨悲壮、抑扬动听，一会儿优美洪亮、婉转悠扬，薛谭这才意识到自己还没有学完秦青老师的全部技术，自己唱的歌远不及老师唱得好，内心感到非常惭愧。于是薛谭忙向秦青道歉，请求回到老师身边继续学习深造。从此以后，薛谭再也不敢提起回家的事了。

读书笔记

精华赏析

本文讲述了薛谭拜秦青为师学习唱歌的故事，告诉我们做人应该脚踏实地，认真学习。

延伸思考

1.文中是怎么描写秦青的歌声的？

2.后来薛谭为什么再也不提起回家的事了？

相关评价

学习是没有终点的，需要我们一直学下去。不要以为自己掌握了一点知识就洋洋得意，认为已经学到家了。学无止境，没有什么人能够真正地掌握所有知识。

真正的本领不是一朝一夕就能掌握的，不要沉醉在自己的世界中，认为自己比所有人都要聪明。再聪明的人都需要努力学习，勤加练习。我们不能像坐井观天的青蛙，只看到自己的一小块天空，而看不到其他地方，就满足于现状。我们不仅要了解自己，还要了解他人，从与他人的对比中找出自己的不足，然后加以改进。

郑人买鞋

我们通常买鞋都要自己亲自去试一下鞋子是否合脚，但是郑国有一个人却不是这么做的，让我们来看看他的方法吧……

①郑国有一个人，眼看着自己脚上的鞋子从鞋帮到鞋底都已破旧，于是准备到集市上去买一双新的。

❶叙述说明 交代了故事的开端，引出下文。

这个人去集市之前，在家先用一根小绳量好了自己脚的尺寸，随手将小绳放在座位上，起身就出门了。

一路上，他紧走慢走，走了一二十里地才来到集市。集市上热闹极了，人群熙熙攘攘，各种各样的小商品摆满了柜台。这个郑国人径直走到鞋铺前，里面有各式各样的鞋子。郑国人让掌柜的拿了几双鞋，他左挑右选，最后选中了一双自己觉得满意的鞋子。他正准备掏出小绳，用事先量好的尺码来比一比新鞋的大小，忽然想起小绳被搁在家里忘记带来。于是他放下鞋子赶紧回家去。他急急忙忙地返回家中，拿了小绳又急急忙忙赶往集市。尽管他紧跑慢跑，还是花了差不多两个时辰。等他到了集市，太阳快下山了。集市上的小贩都收了摊，大多数店铺已经关门。他来到鞋铺，鞋铺也打烊了。鞋没买成，他低头瞧瞧自己脚上，原先那个窟窿现在更大

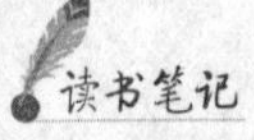

注释

熙熙攘攘：形容人来人往，非常热闹拥挤。熙熙：和乐的样子；攘攘：纷乱的样子。

了。他十分沮丧。

有几个人围过来，知道情况后问他：①“你买鞋时为什么不用你的脚去穿一下，试试鞋的大小呢？”他回答说：“那可不成，量的尺码才可靠，我的脚是不可靠的。我宁可相信尺码，也不相信自己的脚。”

这个人的脑瓜子真像榆木疙瘩一样死板。②而那些不尊重客观实际的人，不也像这个揣着鞋尺码去替自己买鞋的人一样愚蠢可笑吗？

❶ **对话描写**

郑人竟然认为自己的脚不可靠，而量的尺码可靠，说明他很死板、愚钝，做事情不从实际出发。

❷ **讽刺**

这个故事讽刺了像郑人一样的人，他们都不尊重客观事实。

精华赏析

本文讲述了郑人买鞋以自己量的尺寸为依据，却不相信自己的脚，最终也没买到鞋的故事，讽刺了不尊重客观实际、自以为是的人。

延伸思考

1.郑人买鞋以什么为依据？

2.这个故事讽刺了哪种人？

相关评价

在生活中，我们要尊重客观事实，做事不要不知变通、顽固不化，要学会灵活运用，那种舍本逐末的做法是不可取的。

东野稷驾马车

名师导读

世间万物，其能力总有一个限度，都要量力而行，但是文中东野稷驾马车时却不遵循这个规律。我们来看看他驾马车时发生了什么吧……

东野稷十分擅长驾马车，他凭着自己一身驾车的本领去求见鲁庄公。鲁庄公接见了他，并叫他驾车表演。

只见东野稷驾着马车，前后左右，进退自如，十分熟练。①他驾车时，无论是进还是退，车轮的痕迹都像木匠画的墨线那样直；无论是向左还是向右旋转打圈，车辙都像木匠用圆规画的圈那么圆。鲁庄公大开眼界，他满意地称赞说："你驾车的技巧的确高超，看来没有谁比得上你了。"说罢，鲁庄公兴致未了地叫东野稷兜一百个圈子再返回原地。

❶比喻
突出了东野稷驾马车的技术之高超。

一个叫颜阖的人看到东野稷这样不顾一切地驾车用马，于是对鲁庄公说：②"我看，东野稷的马车很快就会翻的。"

❷语言描写
颜阖发现了东野稷驾马车的问题，即马已疲惫。

鲁庄公听了很不高兴，他没有理睬站在一旁的颜阖，心里想着东野稷会创造驾车兜圈的纪录。但没过一会儿，东野稷的马果然累垮了，它一失前蹄，弄了个人仰马翻，东野稷因此扫兴而归，见了庄公很是难堪。

鲁庄公不解地问颜阖说："你是怎么知道东野稷的马要累垮的呢？"颜阖回答说："马再好，它的力气也总有个限度。我看东野稷驾的那匹马力气已经耗尽，可是他还要让马拼命地跑。像这样蛮干，马不累垮才怪呢。”听了颜阖的话，鲁庄公也无话可说。

[1]世间万物，其能力总有一个限度。如果我们不认真把握这个限度，只是一味蛮干或瞎指挥，到时候只会弄巧成拙。

❶**议论**
告诉我们做事要动脑筋，把握一个限度，不能一味蛮干。

精华赏析

本文讲述了东野稷驾马车的技术非常高超，但是最后也翻了车的事情，告诫我们做事要把握好尺度，不能不顾实际地一味蛮干，否则便会弄巧成拙。

延伸思考

1.东野稷驾的马车为什么会翻？

2.这个故事告诉我们一个什么道理？

相关评价

不管做什么事情，都应该适可而止，要把握好尺度，如果一味蛮干，就会适得其反。不仅是做事，做人也要把握一个度。在与人交往的过程中，不能认为与他人的关系亲密，就肆无忌惮地索取，或者做一些无礼的事情，这样就会让他人远离你。把握好度，才能在人际交往中游刃有余，得到大家的喜欢。虽然把握一个度是一件非常困难的事情，但这是人生的智慧，需要我们在实际生活中多多磨练和探索。

愚蠢的两弟子

名师导读

以前经常会有人设私塾馆来教书，而前来求学的学生也是各种各样。我们来看看文中的这两个学生是什么样子的吧……

从前，在一个村子里有一个私塾馆。私塾馆里的老先生教了很多弟子，①其中有两个比较愚笨的弟子，老先生为了训导他俩做事、读书要认真仔细，就规定由他们两个每天为他洗脚。一个弟子负责洗左脚，然后涂上油；一个弟子负责洗右脚，也照样涂上油。

❶叙述说明 老先生让他的这两个弟子给自己洗脚，目的是训导他们。

一天，洗右脚那个弟子因家中有事没到私塾馆读书，老师便指派洗左脚那位弟子帮他洗右脚。负责洗左脚的这位弟子心中不满，反驳道：②"该他负责的事为什么要我代他做？我不管。"老师很生气，对他说："难道连我的话也不听了吗？"

❷语言描写 负责洗左脚的这位弟子不愿代另一位弟子帮先生洗脚，突出他的小气、愚笨。

无奈，洗左脚的弟子只好把老师的右脚也给洗了，但越想越觉得心里不平，于是手下一使劲，把老师的右脚筋骨扭断了。

老师疼得直叫，其他弟子听到了急忙赶来，看到这种情景，都很气愤，把洗左脚的弟子捆起来，狠狠地教训了一通，直打得他皮开肉绽。

③最后，老先生喝住了众弟子，大家方才罢手，负责洗左脚的弟子总算保住了一条命，回家养伤去了。

❸叙述说明 老先生让负责洗左脚的弟子回去养伤，表现了他的仁慈、善良。

第二天，那位负责洗右脚的弟子回到私塾，得知老师的右脚被洗左脚的弟子弄断的事，火冒三丈，发誓要报复，他对所有的弟子说：[①]“你们等着瞧，我不会就这样善罢甘休的，我要让他知道我不是好惹的。”

又过了些日子，一切相安无事，大家渐渐淡忘了这件事。

一天，其他的弟子都被老师指派到私塾后边的菜地里干活，私塾里只剩下老师和洗右脚的弟子。

洗右脚的弟子觉得这是个报复的好机会，于是，打了盆洗脚水，给老师洗了右脚，又洗了左脚，然后都涂上油。趁老师没留神，一使劲把老师的左脚筋骨扭断了，并且大声道：[②]“他胆敢扭我洗的右脚的筋骨，我就扭断他洗的左脚！”

老师疼得直冒冷汗，忍不住大喊大叫起来，屋后干活的弟子们赶来，把洗右脚的弟子打了个半死。

老先生不得不把这两位弟子统统赶出私塾。

①语言描写 负责洗右脚的弟子想报复负责洗左脚的弟子，引出下文。

②语言描写 负责洗右脚的弟子报复的方法竟然是扭断老师的左脚，突出了他的愚笨、可笑。

精华赏析

本文讲了一位老先生收了两个很愚笨的弟子，他为了训导他们，就让他们给自己洗脚。可是这两个弟子却将老师的两只脚都扭断，原因只是他们对彼此不满，反映了他们的愚钝。

延伸思考

1.负责洗右脚的弟子为什么将老师的左脚扭断？

2.这两个弟子的共同特点是什么？

相关评价

做事情一定要三思而后行，不能鲁莽行事，不然就像文中的弟子一样做出愚蠢可笑的事情。

蚂蚁的恐惧

名师导读

世界是广阔的，我们的眼光应放得长远，小蚂蚁的目光却很短浅。让我们来看看是怎么回事吧……

有一个人，漫不经心地将一盆水倒在了地上，水很快向四周漫溢开去。地上有一棵小草被水冲起，浮在水面上犹如一叶小舟。小草上面正好有一只小蚂蚁，它看到四面漫溢的水，不知道这水面到底有多阔，水底究竟有多深。蚂蚁伏在草叶上吓得惊慌失措：①"天呐，自己该从哪里逃生，这大水哪里有岸呢？完了，这下我全完了。"蚂蚁绝望了。

还没等蚂蚁想清楚这一切，水已流完、干枯了，草倒伏在地上，蚂蚁已看不到水了，只剩下一片还有些潮湿的地面。蚂蚁连忙牵动着它那细小如丝的腿，急速地爬出"小舟"，于是，它很快就见到了它的那一群同伴。一见到同伴们，这只蚂蚁忽然伤心起来，好像它经历了一场天大的劫难似的，它泪流满面地向朋友们哭诉了它的经历。它泣不成声地对朋友说：②"我的朋友们呀，你们差一点就见不着我了。就在刚才那一瞬间，我差一点被那险恶的大水淹死了啊！"

❶心理描写 小蚂蚁以为发大水了，所以它很恐惧，突出它的目光短浅，眼界狭窄。

❷语言描写 小蚂蚁把自己的经历告诉了它的朋友，体现了它小题大做，愚昧可笑。

注释

泪流满面：指眼泪流了一脸，形容极度悲伤。

"是吗？太可怕了！"众蚂蚁惊恐万分，它们听完那只"幸运"地活着回来的蚂蚁的经历后，都难过万分，一个个擦着眼泪。

小小蚂蚁哪里知道世界之大。[1]世界是广阔的，那些眼光短浅、少见多怪的人其实是愚昧可笑的。

[1]**议论**

这个故事批判了那些眼光短浅、少见多怪的人，他们的行为非常愚昧可笑。

精华赏析

小蚂蚁误以为发大水了，非常恐惧，并将自己的经历告诉了朋友们。它们跟它一样，也表现得惊恐万分。这个故事批判了那些目光短浅的人。

延伸思考

1.小蚂蚁经历了什么？

2.这个故事批判了什么样的人？

相关评价

蚂蚁太小了，所以一盆水对它来说就是一场灾难。我们不能像蚂蚁一样目光短浅，遇到一点小事就以为是大难临头。当自身的力量太过渺小的时候，遇到困难都会觉得十分害怕，即使这种困难不值一提，我们却因自己的弱小而不知道如何面对。为了避免这种事情发生，我们应该让自己变得更加强大，这样当我们再次遇到困难的时候，就能风淡云清地面对。

杨布打狗

名师导读

狗，是对主人忠心的动物，可是文中的狗却不认得自己的主人了。究竟是怎么回事呢？我们来一探究竟吧……

从前，在一个不太出名的小山村，住着一户姓杨的人家，靠在村旁种一片山地过日子。[①]这户人家有两个儿子，大儿子叫杨朱，小儿子叫杨布。两兄弟一边在家帮父母耕地、担水，一边勤读诗书。这兄弟两人都写得一手好字，交了一批诗文朋友。

❶叙述说明 交代了主人公的家人以及他的生活，说明杨布是一个有才华的人。

有一天，弟弟杨布穿着一身干净的白色衣服兴致勃勃地出门访友。在快到朋友家的时候，不料天空突然下起雨来了。雨越下越大，杨布正走在前不着村、后不着店的山间小道上，只好硬着头皮顶着大雨，落汤鸡似的跑到了朋友家。[②]他们是经常在一起讨论诗词、评议字画的好朋友，杨布在朋友家脱掉了被雨水淋湿了的白色外衣，穿上了朋友的一身黑色外衣。朋友家里招待杨布吃过饭，两人又谈论了一会儿诗词，评议了一会儿前人的字画。他们越谈越投机，越玩越开心，不觉天快黑下来了，杨布把自己被雨水淋湿了的白色外衣晾在朋友家里，而自己就穿着朋友的一身黑色衣服告辞朋友回家。

❷伏笔 杨布因为衣服淋湿了，所以穿上了朋友的黑衣服，这为下文他被狗咬埋下了伏笔。

[③]雨后的山间小道虽然是湿的，但由于路面上小石子铺得多，没有淤积的烂泥。天色渐渐地暗下来了，弯弯曲曲的山路还是明晰可辨。晚风轻轻吹着，从山间送来一阵阵

❸环境描写 雨后的山间显得格外清新，这使杨布有了漫游山冈的雅兴。

新枝嫩叶的清香。要不是天愈来愈黑，杨布还真有点儿雨后漫游山冈的雅兴哩！他走着走着，走到自家门口了，还沉浸在白天与朋友畅谈的兴致里。这时，杨布家的狗却不知道是自家主人回来了，从黑地里猛冲出来对他汪汪直叫。须臾，那狗又突然后腿站起、前腿向上，似乎要朝杨布扑过来。杨布被自家的狗突如其来的狂吠声和它快要扑过来的动作吓了一跳，十分恼火。他马上停住脚向旁边闪了一下，愤怒地向狗大声吼道："瞎了眼，连我都不认识了！"于是顺手从门边抄起一根木棒要打那条狗。这时，哥哥杨朱听到了声音，立即从屋里出来，一边阻止杨布用木棒打狗，一边唤住了正在狂叫的狗，并且说："你不要打它啊！想想看，你白天穿着一身白色衣服出去，这么晚了，又换了一身黑色衣服回家，狗一下子能辨得清吗？这能怪狗吗？"

读书笔记

杨布不说什么了，冷静地思考了一会儿，觉得哥哥杨朱的话也是有道理的。狗也不汪汪叫了，一家人重新恢复了原先的平静。

精华赏析

杨布一次外出访友衣服被雨水淋湿了，所以换上了朋友的黑色衣服，他回来后因此而被自家的狗咬，这个故事告诫我们遇事要冷静思考。

延伸思考

杨布为什么要穿朋友的衣服？

相关评价

一旦遇到事情，要先看看自己有没有错误，不要马上怪罪于人。己所不欲，勿施于人。

选大臣

名师导读

国王总是需要德才兼备的大臣来辅佐自己，这就需要选拔这样的一个人，那么文中的国王是怎样选这位大臣的呢？我们来了解一下吧……

①从前有一个国王，他决定选一位德才兼备的大臣辅佐自己治理国家。

国王以自己的想法去策划一个选大臣的方案。他认为，这个人一定要有杰出的聪明才智和贤达的品质，必须有完美的人格和宏大的志向，只有这样的人才配做大臣。

国王确定了人选，开始实施他的计划。其计划之一是勒令此人手端满满一碗油，从城北走到城南的一个园子，一滴油也不准洒，以考察其毅力，否则将被砍头。

依照国王的命令，候选人端着油碗出发了。只见他小心翼翼地走着，满脸的愁容，因为他心里充满了恐惧感：

"从城北到城南有三十几里的路程，城里到处是人和车，②要想端着一碗油，一滴不洒地通过，真是太难了。看来，我这条命恐怕是要交代了。算了，什么也别想了，唯一能求得活命的就是把这碗油完好无损地端到目的地。"

这人现在什么也不想了，心里、眼睛里只有这碗油，因为他知道，自己端的不仅是油，也是自己的命啊！怎么能不专心致志呢？

城里很多人都听说了这件事，纷纷出来看热闹，城里人山人海，拥挤不堪。候选人的亲戚、家属也都来看他，

❶**叙述说明** 交代了故事的起因，即国王想选出一位大臣来辅佐自己。

❷**心理描写** 这位候选人知道这项考察的规则后心中充满恐惧，生怕碗中的油会洒出来，自己因此丢了性命，所以他只能专心致志地进行。

大家心里都很难过，不知他的命是否能保住。

人们紧紧地围着他，跟着他，看到漂亮的女孩，人们便喊：“瞧，多美的女孩子，真可谓倾国倾城啊！”

读书笔记

人们看到食品街上各种美味食品也喊着：“多香甜的食物呀，看见了都会流口水。”

候选人一副熟视无睹、听而不闻的样子，他心里只想着他的命，他手里的油，丝毫不敢走神。

快到城南的时候，有人喊：

“着火了！快去救火呀！”

[1]火烧了许多房屋和店铺，但候选人一点儿没有受到干扰。

❶叙述说明

即使着火了，那人也没有受到干扰，突出他非常专心致志。

终于到达了城南的那个园子，候选人碗里的油一滴也没有洒下来。

国王听到了臣下的汇报，高兴极了，立即封候选人为辅佐大臣。

精华赏析

国王选大臣，让候选人端着油从城北走到城南，且不能洒一滴油。那人一路上专心致志，不受干扰，最终成功完成任务。这个故事告诉我们做事情要专心致志，再困难的事情也可能办成功。

延伸思考

国王想到什么办法来选大臣？

相关评价

想要将一件事情做好，就需要我们一心一意，三心二意会让人转移注意力，忽略本身在做的事情。

毛笔先生

名师导读

古往今来,毛笔都扮演着重要的角色。那么,本文中毛笔先生作为秦始皇的臣子,他的一生又如何呢?我们来看看吧……

①世上有了毛笔先生后,古今之事便都可以明记在案了。可见毛笔先生的功绩非同一般。

❶叙述说明 赞美了毛笔先生的伟大功绩,即毛笔先生能帮助记载古今之事。

这一天,毛笔先生来到了秦国的国都,拜会了秦始皇。秦始皇是位胸怀大志、要一统天下的君主,当然十分重视把自己的业绩都记录下来,以便功绩能千秋万代流传下去,所以非常赏识毛笔先生。

毛笔先生进宫后,便开始日夜忙碌,整理秦王朝的所有史实、秦始皇的政策法规及各种学说和论道。除此之外,还要逐一记录下朝廷每天的公事、国内外有价值的消息和传闻,以及起草朝廷下发的公文,总之,一天到晚忙得不可开交。

秦始皇看到毛笔先生如此勤勉,且朝廷上上下下诸事都离不了他,便十分器重他。

②毛笔先生不但在朝廷上受到重视,在民间同样受到欢迎:做生意的请他记账,百姓们请他代写家书,几乎没有人没求过毛笔先生。

❷叙述说明 毛笔先生非常受人们的欢迎,无论是在朝廷上还是在民间。

后来,秦始皇为了方便,干脆让毛笔先生住进宫里,每天伴他左右。这样,秦始皇在处理朝政时,毛笔先生守在旁边就可以随叫随到。晚上,秦始皇有时还要批复大量的奏章。这时候,周围是不允许有人打扰的,只有毛笔先生垂立案旁，随时听候吩咐。

如此繁重的事务，使毛笔先生感到十分疲劳。有时，他甚至连胳膊都抬不起来了，腿也觉得很沉，但他为了尽心工作，从不吭声。

时间一天天、一年年地过去了，毛笔先生也越来越年老体衰了。但他仍不向秦始皇表露自己的身体状况，希望在有生之年多为朝廷尽力。

有一天，秦始皇在召见群臣时，突然想到要把这次公布的重要举措记录下来，于是让人去请毛笔先生。毛笔先生上朝后，脱帽致意，秦始皇发现毛笔先生已经衰老不堪：头发稀疏，牙齿松动，步履蹒跚。

秦始皇摇摇头，说："你看来是不中用了。"

毛笔先生连忙跪拜道："臣一生为朝廷尽职，无怨无悔，臣还要竭尽全力报效国家。"

秦始皇挥手让他下去，打发他回老家去了。毛笔先生不久死于乡下。

精华赏析

本文采用拟人的修辞手法，描写了毛笔先生的劳苦一生，突出他的无私奉献的精神，也说明了其用完就被人抛弃的悲惨命运。

延伸思考

本文赞颂了毛笔先生的什么精神？

相关评价

有些人为了国家鞠躬尽瘁，辛苦一辈子，却没能得到统治者的尊重，这样的统治者真是让人寒心。只有真诚对待帮助自己的人，才能得到更多人的帮助。

楚王葬马

名师导读

楚王很喜爱他的马，他爱马胜过一切，那么他的马死了他会怎么做呢？我们来了解一下吧……

❶叙述说明 点明楚王爱马胜过一切，引出下文对他爱马的描写。

[①] 楚庄王爱马是出了名的，他爱马胜过一切。他的马不是养在马厩里，而是养在装饰豪华舒适的厅堂里。他的马吃的不是草料，而是精美的佳肴。最不可思议的是，他的马还要披上锦缎做的袍子，晚上睡在柔软的床垫上。这样养马，当然不会养出驰骋疆场的骏马，养出的马不仅什么活儿都不能做，而且常常夭亡。

一次，楚庄王养的一匹爱马肥得有些走不动路，整天蔫头耷脑，没过多久就死了。

❷叙述说明 楚王的马死后他决定厚葬这匹马，突出楚王非常爱马。

楚庄王难过极了，一定要厚葬这匹马。[②] 他首先下令，让手下的人去安排最好的木匠为马做棺椁，然后又向文武百官下令，要求所有的文武官员都要为马致哀吊唁，最让人难以接受的是他要求安葬死马的规格仪式要和安葬大夫的一样。

命令刚一下达，众大臣在下边就纷纷议论开了。庄王见状，大怒，厉声称：“我的主意已定，哪个敢出面劝说，杀无赦！”

众大臣面面相觑，谁也不敢出声，全都敛声低头悄悄离去。

此时，一个叫优孟的人却突然闯进宫中，见了庄王，一句话没说，先叩头，泣不成声。

庄王很奇怪，忙令他站起来说话。优孟起立，边擦眼泪，边对庄王说：

“大王，听说您最珍爱的一匹马死了，这太不幸了！这么重要的马死了，大王怎么可以只按大夫的规格安葬？这太不合适了。”

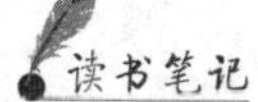

楚庄王问道：“那么，你认为应该怎样安葬才合适呢？”

优孟说：“大王这么珍爱的马，自然应该按君王的葬礼规格安葬，不仅文武百官要去致哀，全国的百姓也都应该为马致哀。送葬时，要用最好的军乐和仪仗队开路，同时，要齐国、赵国、韩国、魏国等国家的使节也参与送葬和守灵。如此，大王爱马重于爱人便会传遍四方，普天下的人都将知道。”

庄王听出他话中的含义，半晌无语，最后抬起头问道：“那么你认为如何处置为妥？”

“自然是为将士们改善生活了。”

精华赏析

楚庄王爱马胜过一切，马死后他决定厚葬这匹马，遭到大臣们的反对，但他们不敢进言，只有优孟采用委婉的说法说服了楚王。这个故事告诫我们要体恤下属，体恤人民；劝谏别人的时候要讲究策略。

延伸思考

楚王打算怎样厚葬这匹马？

相关评价

想要说服别人时，一定要掌握方法，要用巧妙的方法让人听进去你的话，而不是一味地指责对方。

刻舟求剑

名师导读

有一个楚国人出远门，他乘船过江的时候将剑掉到江中了，但他却不急着去打捞，反而在船上做记号，这是为什么呢？

有一个楚国人出门远行，他在乘船过江的时候，一不小心把随身带着的剑落到江中的急流里去了。[①]船上的人都大叫："剑掉进水里了！"

①语言描写 人们都提醒楚国人剑掉了，楚国人会怎么做呢？

这个楚国人马上用一把小刀在船舷上刻了个记号，然后回头对大家说："这是我的剑掉下去的地方。"

众人疑惑不解地望着那个刀刻的印记。有人催促他说："快下水去找剑呀！"

楚国人说："慌什么，我有记号呢。"

船继续前行，又有人催他说："再不下去找剑，这船越走越远，当心找不回来了。"

[②]楚国人依旧自信地说："不用急，不用急，记号刻在那儿呢。"

②语言描写 楚国人这话是什意思呢？船上的记号和剑掉下去的位置有什么关系？

直至船行到岸边停下后，这个楚国人才顺着他刻有记号的地方下水去找剑。可是，他怎么能找得到呢？船上刻的那个记号是表示这个楚国人的剑落水瞬间在江水中所处的位置，掉进江里的剑是不会随着船行走的，而船和船舷上的记号却在不停地前进。等到船行至岸边，船舷上的记号与水中剑的位置早已风马牛不相及了。这个楚国人用上述办法去找他的剑,不是太糊涂了吗?

他在岸边船下的水中,白费了好大一阵工夫,结果毫无所获,还招来了众人的讥笑。

精华赏析

刻个记号便于打捞宝剑,原本并无错,可是把记号刻在了移动的船上,那岂不等于没有记号吗?这个故事对那些思想僵化、墨守成规、看不到事物发展变化的人是一个绝妙的讽刺。故事告诉我们:办事不能只凭主观愿望,不能想当然,要根据客观情况的变化而灵活处理。

延伸思考

1.楚国人为什么在船上做记号?
2.楚国人为什么没有找到自己的剑?

相关评价

世界上的事物,总是在不断地发展变化,人们想问题、办事情,都应当考虑到这种变化,适合于这种变化的需要。人不能死守教条,拘泥成法,固执不知变通。地点发生了变化,解决问题的途径应灵活有变。看待事情要用发展的眼光,如果用静止的眼光看待发展的事物,必定会导致错误的判断。所以在看待问题的时候,要从实际情况出发来考虑,要懂得变通,这样才能做出正确的判断。

不死的奥秘

晋国的公子子华喜欢结交和供养游侠和食客，那么，子华和这些人之间发生了什么故事呢？下文就以商丘开为例，我们来看看吧……

晋国有一位范先生，他的公子子华专门喜欢结交和供养四方到此的游侠和食客。

❶叙述说明 子华虽然没有官位，但他的社会地位却很高。

①子华虽然没有什么官位，但生性豪爽侠义，人们都很仰慕他、敬重他，就连晋国的国君都非常喜欢和器重他。因为有这样的地位，他有时就很跋扈。他喜欢的人就厚待他们，并封为上客；对讨厌的人他就歧视，毫不放在眼里。他以养士为荣、为乐，整天让他们斗智斗勇，却从来不把食客们的感受放在心上。

一次，子华的两个食客外出，途经一位叫商丘开的人家，在此借宿休息。两个食客在闲谈中流露出对子华威势的敬畏，说他可以决人生死，定人穷富。商丘开是位贫寒之人，无意中听到这样的议论，决心投奔子华。

商丘开年事已高，其貌不扬，且衣衫褴褛，子华虽收留了他，但并没十分看重他。子华的食客更没把商丘开放在眼里，常常故意拿他取笑。商丘开却很有耐性，从不生气。

❷举例说明 通过列举商丘开从高台跳下却毫无损伤来说明，他并不是一无是处。

②一次，子华的门客们来到一处高台，众人拿商丘开开玩笑，说假如他从高台上跳下去，可赏他黄金百两。商丘开没有迟疑，轻松地从高台上跳了下去，毫无损伤。众人都以为此事是出于侥幸。

又有一次，有人又开玩笑对商丘开说："这水里有一盒珠宝，你敢跳下去，珠宝就归你。"商丘开毫不犹豫地跳下了水，捞起了一盒珠宝。大家对他开始刮目相看。

一天，子华家仓库失火，商丘开冲进火海，抢救出所有的绸缎，自己却毫发未损，众人以为他会法术，从此拿他当神人一般。

读书笔记

经历了这几件事后，众门客对商丘开备添敬慕，并请教他的法术是如何学到的，能否教授给他们。商丘开很诚恳地告诉众人："其实，我什么法术也不懂，我不过是听说子华先生可以决人生死，所以自从投奔到他这里之后，便将生死置之度外了。每次做事，毫无杂念，反而从容无事；如果现在重做一次，恐怕就很难有胆量了。"

众门客点头称是，再不轻易嘲弄轻视别人了。

精华赏析

商丘开投奔公子子华，却不被重视，但他依然很敬仰子华，所以从高处跳下时都将生死置之度外，才会毫无损伤。商丘开以自己的行为对公子子华的狂傲进行了最好的讽刺。这个故事揭示了一个道理：做事情时如果心无杂念，那么再多的不利因素也可能克服。

延伸思考

商丘开不死的奥秘是什么？

相关评价

将生死置之度外的人，更能坦然面对生死，也就能坦然面对各种危机，并冷静处理。

张衡的天平

名师导读

阎罗王十分欣赏张衡的智慧，所以张衡到地府之后，他询问张衡有没有简单的办法来甄别官员的好坏。张衡给出了一个办法，可是阎罗王并没有使用，这是为什么呢？

❶叙述说明 阎罗王很看重张衡的智慧，所以询问他有没有简单的对官员的甄别办法。

❷语言描写 叙述了天平的具体用法。

①张衡到了地府，阎罗王知道他具有丰富的智慧，就告诉他，世界上有许多官陆续来到地府，要调查他们为官清正还是贪鄙非常费事，问张衡有没有什么简便的方法对他们进行甄别。

张衡给他提供了一架特制的天平。阎罗王一看，那天平一头的盘子极其巨大，另一头却很小。

"这天平怎么用？"阎罗王问。

②张衡对阎罗王说："凡有做官的来到地府，你只把他的乌纱帽作为砝码往小盘子上一放，他所管辖范围的老百姓就立即被摄入了另一头的大盘子里。如果放乌纱帽的一头比装百姓的那头重，那官一定是个坏官；反之如果百姓那头比乌纱帽这边重些，那官就比较好。"

但是张衡叮嘱阎罗王："在有官需要甄别之前，请您自己千万别去动它！"

天平在阎罗王那里放了一晚。

注释

叮嘱：经常的，再三嘱咐。

第二天，阎罗王告诉张衡："你的天平不怎么好，我已经下令拆掉了。"

"非常可惜！"张衡说，"我叫您不要去动它是有原因的。您认为它不好，肯定是您把自己的乌纱帽在上面试了一下。"

读书笔记

精华赏析

本文通过张衡和阎罗王的对话，突出阎罗王其实也不是一个好官的事实。张衡让阎罗王不要使用那架天平，说明他早就意识到阎罗王的本性了。

延伸思考

1.阎罗王为什么拆掉了天平？

2.张衡的天平有什么作用？

相关评价

阎罗王之所以将天平拆了，是因为这架天平能够衡量出阎罗王是否是一个好官。阎罗王做贼心虚，所以推说张衡的天平不好。而聪明的张衡一下子就知道阎罗王这样做是因为心虚。这也说明一个人想隐瞒自己的缺点或是不好的一面，总会留下把柄的。只有内心坦荡的人，才不会畏手畏脚，担心自己的真正面目被揭穿。这个故事也讽刺了那些贪官污吏，希望立志当官的人能做一个清正廉明的好官，真真实实地为百姓做事。

西门豹罢官

名师导读

本文叙述的是西门豹在邺地任县官，终日勤勉，为官十分清廉，政绩突出却被罢了官。而后他开始巴结魏文侯的左右，不做实事，却被嘉奖，这是怎么回事？

❶叙述说明

西门豹是一个好官，为后文做铺垫。

①西门豹初任邺地的县官时，终日勤勉，为官清廉，嫉恶如仇，刚正不阿，深得民心。不过他对魏文侯的左右亲信从不去巴结讨好，所以这伙人怀恨在心，便勾结起来，说了西门豹的许多坏话。年底，西门豹向魏文侯作述职报告后，政绩突出的他本应受嘉奖，却被收去了官印，魏文侯罢了他的官。

西门豹心里明白自己被罢官的原因，便向魏文侯请求说："过去的一年里，我缺乏做官的经验，现在我已经开窍了，请允许我再干一年，如治理不当，甘愿受死。"魏文侯答应了西门豹，又将官印给了他。

❷叙述说明

西门豹不做实事，只一心巴结魏文侯的左右，这样却得到封赏。

②西门豹回到任所后，开始疏于实事，而去极力巴结魏文侯的左右。又一年过去了，他照例去述职，虽然政绩比上年大为下降，可魏文侯却称赞有加，奖赏丰厚。这时，西门豹严肃地对魏文侯说："去年我为您和百姓为官有政绩，您却收缴了我的官印。如今我因为注重亲近您的左右，所以印象好，您就对我大加礼遇，可实际功劳大不如过去。这种赏罚不明的官我不想再做下去了。"说完，西

门豹把官印交给魏文侯便走。魏文侯醒悟过来，连忙对西门豹表示歉意说："过去我对你不了解，有偏见。今天我对你加深了认识，希望你继续做官，为国效力。"

精华赏析

本文主要通过魏文侯两次对西门豹的政绩的评赏，突出当时的社会风气，巴结有权势的人就会被重用，而一心做实事的人却遭受排挤。本文表现出了西门豹不畏权势，一心为民的为官心思。

延伸思考

1.西门豹为什么被罢官？

2.第二次魏文侯为什么挽留西门豹？

相关评价

清正廉明的西门豹因为魏文侯轻信谣言而被罢官，之后他除了讨好魏文侯的左右，什么都没有做，但却给魏文侯留下了好印象。这说明一个人不能轻信他人的话语，判断一个人的好坏要自己用双眼去看。别人的话总会有一些主观的情感在里面，所以不能尽信。俗话说"耳听为虚，眼见为实"，不要通过他人的话对一个人或是一件事直接下判断。

为官者，一定要善于用眼睛去看，要亲自去了解事情的真相，不能被小人蒙蔽双眼。只有做一个赏罚分明、善于用人的好官，才能够得到百姓的信任。

管庄子刺虎

名师导读

管庄子是远近闻名的勇敢的猎手，他常常一个人猎杀虎豹豺狼，有一次他遇到了两只打斗的老虎，这时他会怎么做呢？

管庄子是远近闻名的勇敢猎手，他常常一个人猎杀虎豹豺狼，无所畏惧。

一次，管庄子来到一座山前，见有两只老虎在那里争吃人肉，正在拼命厮打着。[①]它们时而抬起前腿互相猛扑，时而互相咬住脖颈不放，两虎的咆哮声震撼着山林。

❶场面描写 叙述了两虎相斗的激烈场面。

管庄子举起锋利的猎叉，正要上前刺杀这两只老虎，与他同行的管与连忙拉住他，说："老兄且慢！"

[②]管庄子说："还等什么？现在两只老虎正在厮打，我得趁它们不备刺杀它们。不然的话，这两只老虎一会儿平静下来，重新和好，我还对付得了吗？"

❷语言描写 管庄子的话说明了他要及时行动的原因。

管与说："最好的时机还没到。你想，老虎是凶猛的野兽，人肉是老虎最美的食物，它们为争夺这块食物正疯狂搏斗，不最后分一个高低，它们不会罢休。两虎真的动怒拼打，弱些的肯定会被咬死，而强些的那只虎也会被咬伤。等到它们死的死了，伤的伤了，你再行动，这样就会轻而易举地将受伤的老虎刺死，这两只老虎就都属于你了。"

管庄子恍然大悟。原来管与给管庄子出的是一个只需付出刺杀一只伤残老虎的代价，却能收到杀死两只老虎的主意。这真是一个好主意！

精华赏析

这个故事告诉我们，要取得成功，不能光凭勇气，而要运用智慧。善于运用智慧的人，可以用很小的代价，取得很大的收获。这样不是事半功倍，一举两得吗？

延伸思考

1.管与为什么拦住管庄子？

2.从这个故事中，你明白了什么？

相关评价

做事情要善于分析，不要莽撞地决定，一定要先保持冷静，不能只顾眼前利益，一定要从长远的角度来想问题。想要取得成功，光凭勇气是远远不够的，我们要善于利用智慧。

老汉粘蝉

名师导读

孔子在前往楚国的路上，遇到了一个驼背老人。驼背老人粘蝉十分厉害，没有一个能逃脱的，他是如何做到的呢？

---

❶ **叙述说明**

老人粘知了的能力很强，给人的感觉是轻而易举的。

❷ **语言描写**

驼背老人叙述了自己粘知了的诀窍，其实都是经过长时间的练习得到的。

孔子前往楚国，路过一片树林，看到一个驼背老人，手里拿着一根长长的竹竿正在粘知了（蝉）。①老人的技术非常娴熟，只要是他想粘的知了，没有一个能逃脱的，就好像信手拈来一样轻而易举。

孔子惊奇地说："您的技术这么巧妙，大概有什么方法吧？"

驼背老人说："我的确是有方法的。夏季五六月粘知了的时候，如果能够在竹竿的顶上放两枚球而不让球掉下来，粘的时候知了就很少能够逃脱；如果放三枚不掉下来，十只知了就只能逃脱一只；如果放五枚不掉下来，粘知了就像用手拾东西那么容易了。②你看我站在这里，就如木桩一样稳稳当当；我举起手臂，就跟枯树枝一样纹丝不动。尽管身边天地广阔无边，世间万物五光十色，而我的眼睛里只有知了的翅膀。外界的什么东西都不能分散我的注意力，都影响不了我对知了翅膀的关注，怎么会粘不到知了呢？"

孔子听了，回头对弟子说："专心致志，本领就可以练到出神入化的地步。这就是驼背老人所说的道理啊！"

精华赏析

本文说明了凡事只要专心致志，排除外界的一切干扰，艰苦努力，集中精力，勤学苦练，并持之以恒，就一定能有所成就，即使先天条件不足也不例外。

延伸思考

1.驼背老人的话说明了什么？

2.驼背老人是如何粘知了的？

相关评价

不管做什么事情，都要练好基本功。没有什么事情能够一蹴而就，也没有人能够一下子精通某样本领。无论学习什么，都是一个循序渐进的过程，要一步步学习、进步。

在学习的过程中，我们要保持专心，不能三心二意。即使先天条件不如他人，但是只要我们肯努力地学，也能获得成功。三心二意的话，我们的精力不集中，容易受到外界的影响，学习起来的效果就会差很多。

虎与刺猬

名师导读

一只又笨又懒的老虎，在路上遇到一只睡觉的刺猬，他以为是块肉，便一口咬下，却伤了自己。

❶**叙述说明**

开篇即介绍了老虎的本性，为后文做铺垫。

[1]从前，有一只老虎，又笨又懒。有一天，它肚子饿了，想到野外找点东西吃。找着，找着，它看到一只刺猬朝天睡在前面的草地上，圆乎乎略带鲜红鲜红的，以为是块肉，便急急忙忙地走去，正准备张口咬住它，冷不防被刺猬卷住了鼻子，老虎被这突如其来的袭击吓得不得了，鼻子上的刺猬越卷越紧，扔也扔不掉。它又疼痛又害怕，吓得赶快跑，赶快跑。

读书笔记

老虎跑着，跑着，一直跑到大山中，又困又乏，实在是不能动弹了，便无可奈何地躺在地上，不知不觉地昏昏沉沉睡了。受惊的刺猬见老虎不动了，对自己没有什么威胁了，这才放开老虎的鼻子，迫不及待地逃走了。

老虎一觉醒来，忽然发现鼻子上的刺猬走开了，也不再害怕了，用舌头舔了几下，觉得鼻子还在，很高兴，肚子饿也忘记了，便到半山腰的橡树下面去玩。老虎低头走着、玩着。[2]不知不觉间看见一个橡子的壳，圆溜溜地躺在地上，以为又是只小刺猬。它心头猛一惊，不知不觉又有点害怕起来，害怕自己的鼻子又要被这只"小刺猬"卷着了，赶快侧着身子，提心吊胆但又不得不很客气地对橡

❷**叙述**

老虎并没有仔细观察，体现他的愚蠢。

子的壳说："我刚才遇上了您的父亲，您父亲真厉害呀！它的本领我已经领教过了。现在我不和您小兄弟计较了，还是希望您小兄弟让让路，放我走吧！"

精华赏析

这个故事告诉我们，遇事应该冷静应对，不能乱了阵脚。对事物进行准确的分析，不要被表象蒙蔽。更不能一朝被蛇咬，十年怕井绳。对待事物应该具体问题具体分析，这样才能得出正确的结论。

延伸思考

1.老虎为什么去咬刺猬？
2.老虎为什对着橡子的壳说话？

相关评价

遇到问题之后，要仔细分析，将事情弄清楚，然后认真考虑之后再行动。这样就不会像老虎一样被一只刺猬吓着，要知道小小的刺猬怎么会是老虎的对手呢？我们应该沉着冷静地面对自己的敌人，正确估量对方的实力，以免闹出大笑话。

宣王之弓

名师导读

齐宣王很喜欢听人说恭维自己的话，他身边的大臣都知道他的这个习惯，所以有一次在他拉弓的时候，大家都拼命奉承他，那结果如何呢？

❶叙述说明 齐宣王喜欢听别人说恭维自己的话，为后文埋下伏笔。

❷语言描写 大臣们都刻意的奉承齐宣王。

[①]齐宣王有个特点，喜欢听别人对他说恭维话。齐宣王爱好射箭，他喜欢听别人说他不论多强硬的弓都能够拉开。其实，齐宣王自己用的弓，拉开时所用的力气还不到成年人的二分之一。

齐宣王射箭时，常常向身边的大臣们表演拉弓。他身边的近臣们为了奉承自己的国君，一个个都是先拿起宣王的弓，站好姿势，故意拉起来试试。这些近臣在试弓时有意地做出很认真的神情，装出拼命地使出全身之力的样子：闭住嘴，鼓满两腮帮，将眼睛瞪得大大的，一眨不眨地站在那里，再慢慢地将弓拉到半满时故意停一下子就松开手。[②]他们都说统一调子的话："这张弓好厉害！真是强劲极了！如果没有很大的力气是别想将它拉开的。""那还用说，这么强的弓，除了大王您以外，是没有人能够拉开的。""世界上像大王这样能拉这么强硬的弓的人是很少有的。"……听了这些特别顺耳中听的话后，齐宣王的心里感到特别舒服，心里乐滋滋的，甜甜的，比吃

注释

奉承：指逢迎、谀媚，用好听的话恭维人；奉承话。

蜜还要甜。

[1]这样，齐宣王所拉的弓虽然只需用不超过成年人二分之一的力，但是他一辈子都认为他拉的弓，没有很大的力是拉不开的。

❶**叙述**

陈述了故事的结尾，说明被人奉承的人其实最是无知。

拉开这张弓只用成年人二分之一的力就可以了，这是实际。而具有很大的力才能拉开，则是徒有虚名啊！齐宣王只喜欢虚名，却不知道他的实际力量究竟有多大。

精华赏析

这篇寓言故事告诉人们：缺乏自知之明的人喜欢听奉承话，听到奉承话、恭维话就沾沾自喜的人必被人耻笑。

延伸思考

1.齐宣王拉开的弓实际只需要多大的力？

2.这个故事说明了什么？

相关评价

缺乏自知之明的人喜欢听人奉承自己，他们无法认识到自己的实力，当听到有人夸奖自己时就会沾沾自喜。其实他们什么也没有尝试过，也没有做出什么成就，只是喜欢沉醉在他人的夸奖中洋洋得意。我们千万不能做这种沽名钓誉、只讲形式的人，只有踏踏实实做事的人才能够得到人们真心的夸奖。

南辕北辙

名师导读

从前有一个人，从魏国到楚国去，原本应该往南面行走的，可是他却去了北面，这是为什么呢？

从前有一个人，从魏国到楚国去。他带上很多的盘缠，雇了上好的车，驾上骏马，请了驾车技术精湛的车夫，就上路了。[①]楚国在魏国的南面，可这个人不分青红皂白让驾车人赶着马车一直向北走去。

❶叙述说明 这个人要去南面，为什么他要往北走呢？

路上有人问他的车是要往哪儿去，他大声回答说："去楚国！"路人告诉他说："到楚国去应往南方走，你这是在往北走，方向不对。"他满不在乎地说："没关系，我的马快着呢！"路人替他着急，拉住他的马，阻止他说："方向错了，你的马再快，也到不了楚国呀！"他依然毫不醒悟地说："不打紧，我带的路费多着呢！"路人极力劝阻他说："虽说你路费多，可是你走的不是那个方向，你路费多也只能白花呀！"[②]那个一心只想着要到楚国去的人有些不耐烦地说："这有什么难的，我的车夫赶车的本领高着呢！"路人无奈，只好松开了拉住车把子的手，眼睁睁看着那个盲目上路的魏人走了。

❷语言描写 那个要去楚国的人的话表现了他的执迷不悟，他不听别人的劝告。

那个魏国人，不听别人的指点劝告，仗着自己的马快、钱多、车夫好等优越条件，朝着相反方向一意孤行。那么，他条件越好，他就只会离要去的地方越远，因为他的大方向错了。

精华赏析

这个故事告诉我们，无论做什么事都要首先看准方向，才能充分发挥自己的有利条件；如果方向错了，那么有利条件只会起到相反的作用。

延伸思考

1.魏国人最后能够到达楚国吗？为什么？

2.这个故事中的魏国人是一个什么样的人？

相关评价

无论做什么事情，我们一定要看清楚自己目标所在的方向。不要在还没有弄清楚方向的时候，就急着出发，所谓磨刀不误砍柴功就是这个道理。先认清楚自己努力的方向之后，再行动，这样才能充分地发挥自己的长处。如果只是依靠自己的长处，而不顾自己努力的方向是否正确，那么不管做多少努力都是白费力气。努力错了方向，甚至会起到相反的作用。

在生活中，我们不要认为自己在某些方面强于他人就洋洋得意，根本听不进去他人的劝告。无论什么时候，我们都要谦虚听取他人的意见。好的意见就听从，不好的意见就忽略。

澄子夺黑衣

名师导读

宋国人澄子丢失了一件黑布做的上衣，他跑上大路沿途寻找，到处都找不着那件黑衣。后来他遇见一个穿黑衣的妇女，他会怎么做呢？

宋国人澄子不知在什么地方丢失了一件黑布做的上衣。他跑上大路沿途寻找，到处都找不着那件黑衣。

失财的痛惜化为一股气恼。[1]他一边走，一边捉摸着要想出一种办法来补救丢失一件上衣的损失。碰巧这时迎面走来一位身穿黑色上衣的妇人。澄子不由分说地将她一把抓住。他一面拉扯那妇人的衣裳，欲取其衣，一面狠狠地说道："刚才我丢失的黑衣，原来在你这里！"那妇人被这光天化日之下突如其来的拦路行凶举动吓蒙了。她急忙对澄子解释道："这件衣裳是我亲手纺的线、织的布，亲手剪裁、缝制而成的。它的长短、大小正合我身。虽然您丢的也是一件黑衣，但并不是这一件呀！"那妇人的声音听起来显得有一些柔弱、哀怜。[2]但是她如泣如诉吐出的一字一句里所含的分量，使澄子心里怔了一下。如果把一个妇人的衣裳说成是自己的，扒下来后，自己却穿不上岂不荒唐？于是他立刻转了一个话题，但是仍然气势汹汹地说："我丢失的是一件夹衣，而你身上穿的这件是单衣。你用一件单衣抵我一件夹衣，难道还不便宜了你吗？"

❶叙述说明 澄子想要补救丢衣服的损失，他会想出什么办法呢？

❷叙述 澄子心里怔了一下，他想到了什么？引起读者的好奇心。

精华赏析

这则寓言告诉我们，任何时候都要尊重事实，不论如何狡诈诡辩，事实总是不能歪曲的。

延伸思考

1.澄子为什么说妇人身上的衣服是自己的？

2.你认为澄子最后说的那句话对吗？

相关评价

事实是客观存在的，无论我们怎样花言巧语，都是无法改变事实的。故事中澄子的行为是错的，他也意识到了，但是他没有勇气承认自己的错误，反而一错再错，说出荒唐且毫无逻辑的话。这也是因为他没有道理，不管怎么狡辩，都无法歪曲事实。在生活中，我们一定要尊重客观事实。当我们犯错时，我们一定要有勇气承认自己的错误。因为错了就是错了，不管我们怎么说，我们都是错的。我们应该认识到自己错误的行为，并积极改正错误。

知错就改，也是一件需要勇气的事情，能够直面自己错误的人，是真正勇敢的人。我们都应该做一个勇敢的人，勇敢承认自己的错误，并改正，让自己变得更加优秀。

狂 泉

名师导读

从前有一个国家，一国的人都得了癫狂病，这是为什么呢？我们一起来看看这个奇怪的国家吧！

从前有一个国家，一国的人都得了癫狂病，整天闹呀、叫呀，干一些荒唐至极的事。这是为什么呢？

①原来这个国家有一眼叫作"狂泉"的井，谁要是喝了那里的水，立刻就会变得癫狂起来。而这一国的人除国君外，全都喝"狂泉"的水，所以一个个都疯疯癫癫的。

❶解释说明 解释了这个国家的人都变得癫狂的原因。

这个国家的国君之所以没有得癫狂病，是因为国君另有一口专供他一个人饮用的水井。然而全国的人都得了癫狂病，在他们眼里，无病的国君与众不同的样子倒成了一种病态。因此他们商量好，大家一起动手给国君治"病"。这些人轮番给国君拔火罐、扎针灸、熏艾蒿、服草药，能用的办法全用上了。②国君实在不堪忍受这种折磨，只好到"狂泉"去饮水。

❷叙述说明 这些国民的最终目的达到了。

国君喝了"狂泉"的水以后，马上就得了癫狂病，也变成了疯子。于是，这个国家从上到下，无论国君还是臣民，都一样癫狂；无论大人还是小孩，都一样荒谬。所有的人都一样疯疯癫癫，这样，大家反而都高高兴兴、心安理得了。

精华赏析

多数人的荒谬有时竟会成为“真理”，但它的本质仍然是荒谬。在举国上下只流行一种荒诞的意识、只贯彻一种虚伪的做法的情况下，一个有健康头脑和正常行为的人，要想在众人颠倒黑白的环境里坚持公正的原则，的确是极其困难的。

延伸思考

1.国王明明是正常人，他为什么要喝“狂泉”的水？

2.从这个故事中，你明白了什么？

相关评价

如果在黑白颠倒的世界里，除你外所有人都说那张白纸是黑的，你能勇敢地站起来说那是白的吗？你是否会狐疑地询问自己：是否是我记错了？或是其实我从一开始就是错误的？

不管发生了什么事，我们都要勇于坚持自己的观点，坚持真理。

南橘北枳

名师导读

楚王想在晏子出使楚国的时候羞辱他，大臣献了计策，于是在酒宴上羞辱的戏开演了。但是晏子很快挽回了局面，丢丑的反而成了楚王。

晏子将要出使楚国。楚王得知这个消息后，对左右的大臣说：[①]“晏婴是齐国能言善辩的人，如今来到我国，我想羞辱他一番，大家看用什么办法好？”

❶语言描写 得知晏子要出使楚国的时候，楚王想要羞辱他一番。

有个大臣献计说：“他来了以后，请绑一个人从大王面前走过。大王问：‘他是哪里人？’回答说：‘是齐国人。’大王再问：‘他犯了什么罪？’回答说：‘他犯了盗窃的罪。’”

楚王觉得这个主意不错。

晏婴来到楚国，楚王用酒招待他。宾主正喝到兴头上，两名小吏捆着一个人来到楚王面前。

[②]楚王故意问：“这捆着的是个什么人？”

小吏回答：“是个齐国人。因为盗窃犯了罪。”

楚王转过头来望着晏婴说：“齐国人生来就喜欢偷盗吗？”

❷语言描写 楚王和小吏之间的对话是设计好的。

晏子离开座位，走到楚王面前，回答说：“我听说，橘树生长在淮河以南就结橘子，如果生长在淮河以北，就会结出枳子。橘子和枳子，叶子差不多，但果实的味道却不一样。这是为什么呢？因为水土不同。现在捉到的这个人，生活在齐国的时候，并没有盗窃的行为，来到楚国以后却偷盗起来,难道是因为楚国的水土容易使人变成小偷吗?”

楚王听了,尴尬地笑着说:“圣贤的人是不可戏弄呀!我反而是自讨没趣了。”

精华赏析

“南橘北枳”的意思相信很多人都懂:就是说“淮南的橘树,移植到淮河以北就变为枳树”。比喻环境变了,事物的性质也变了。这说明不同的环境对同一事物的发展起着决定性的作用。

延伸思考

1.楚王为什么想要羞辱晏子?

2.楚王的目的有没有达到?

相关评价

环境对植物的生长有很大的影响,在淮河以南的橘树能够结橘子,但是在淮河以北的橘树只会结出枳子。环境不仅对植物有很大的影响,对人的影响也是非常大的。古人有云“近朱者赤,近墨者黑”,这也是说明环境对人的影响大。和优秀的人在一起,你可以从他们的身上学到一些好的品质,也成为一个优秀的人。但是和坏的人在一起,就会从他们的身上学一些坏的品质,也就会在不知不觉中变成一个坏人。所以我们要主动接近那些有着优秀品质的人,远离那些品质恶劣的人。

望梅止渴

名师导读

有一年夏天，曹操率领部队去讨伐张绣，天气热得出奇，因而行军速度越来越慢，曹操担心贻误战机，那他会怎么做呢？

❶环境描写 叙述了当时炎热的天气，引出后文。

❷语言描写 曹操会想出什么办法呢？

[①]有一年夏天，曹操率领部队去讨伐张绣，天气热得出奇，骄阳似火，天上一丝云彩也没有，部队在弯弯曲曲的山道上行走，两边密密的树木和被阳光晒得滚烫的山石，让人透不过气来。到了中午时分，士兵的衣服被汗水湿透了，行军的速度也慢了下来，有几个体弱的士兵竟晕倒在路边。

曹操看行军的速度越来越慢，担心贻误战机，心里很是着急。可是，眼下几万人马连水都喝不上，又怎么能加快速度呢？他立刻叫来向导，悄悄问他："这附近可有水源？"向导摇摇头说："泉水在山谷的那一边，要绕道过去还有很远的路程。"曹操想了一下，说："不行，时间来不及。"[②]他看了看前边的树林，沉思了一会儿，对向导说："你什么也别说，我来想办法。"他知道此刻即使下命令要求部队加快速度也无济于事。脑筋一转，办法来了，他一夹马肚子，快速赶到队伍前面，用马鞭指着前方说："士兵们，我知道前面有一大片梅林，那里的梅子又大又好吃，

注释

无济于事：对事情没有什么帮助或益处。比喻解决不了问题，没有办法。

我们快点赶路,绕过这个山丘就到梅林了!”士兵们一听,仿佛梅子已经吃到嘴里,精神大振,步伐不由加快了许多。

精华赏析

曹操利用人们对梅子酸味的条件反射，成功地克服了干渴的困难。可见人们在遇到困难时,不要一味畏惧不前,应该时时用对成功的渴望来激励自己,就会有足够的勇气去战胜困难,到达成功的彼岸。

延伸思考

1.曹操是如何让士兵们加速行军的?

2.曹操的做法为什么能达到目的?

相关评价

无论我们的前途有多么渺茫,无论我们觉得有多么沮丧,我们都不能丧失对未来的希望。我们应该告诉自己，梦想就在不远方,只要我们坚持下去,就一定能够成功。如果连你自己都放弃了梦想，那就不可能成功了。而且只要当我们对前景抱有希望,怀有信心时,才能激发动力,不断努力、拼搏。当我们失去信心时,就会没有动力,缺乏勇气,更谈不上逆流而上,获得成功了。

不知趣的猎狗

名师导读

为了打猎，艾子养了一条非常善于抓兔子的猎狗和一只机警敏捷的猎鹰。每次外出打猎，艾子都带上他的猎狗和猎鹰。但是有一次，猎鹰被猎狗咬死了，这是为什么呢？

艾子喜好打猎，那骑在马上追逐鸟兽的感觉真是痛快极了。为了打猎，艾子养了一条非常善于抓兔子的猎狗和一只机警敏捷的猎鹰。每次外出打猎，艾子都带上他的猎狗和猎鹰。[①]凡是捕到兔子，艾子就必定掏出兔子的心肝给猎狗吃。因而，每次一捉到兔子，猎狗就总是摇着长尾巴，竖起两条前腿，不停地上下跳跃，等着艾子喂它吃兔子的心肝。

> ❶**叙述说明** 艾子每次都将兔子的心肝给猎狗吃，为后文做铺垫。

一天，艾子又出外打猎，山上兔子很少，转悠了大半天还未发现一只兔子，猎狗的肚子已饿得咕咕直叫。正在这时，艾子忽然看见有两只兔子从草丛中跳跃出来，向林中一片灌木丛跑去，艾子放出猎鹰去追捕兔子。[②]两只兔子敏捷地在灌木丛中乱跳乱窜，猎鹰上下腾飞追捕。这时，猎狗也飞跑过来，对准兔子一头猛扑过去，不料，正好误咬住了猎鹰。结果，猎鹰被咬死了，那两只兔子却乘机逃走了。

> ❷**叙述** 表现了猎鹰的机警和敏捷。

等到艾子跑上前来，见此情景，十分伤心。他把死鹰拿在手里，又是懊悔又是气愤，不觉掉下泪来。正在这时，

猎狗又像从前那样，竖起它的两条双腿，摇着尾巴，在艾子面前腾上落下，摇头摆尾，沾沾自喜地像立了大功似的看着艾子，等待艾子喂它吃心肝呢。

艾子瞪着猎狗，气不打一处来，他大声斥骂道："你这不知趣的狗，干了坏事，还好意思来邀功领赏哩！"

精华赏析

生活中有些人与这猎狗颇相似，自己明明做了错事，不但缺乏自知之明，反而还自以为是地希望得到优厚的报酬，真是厚颜无耻。

延伸思考

1.猎狗咬死了猎鹰，为什么对着艾子摇头摆尾？

2.从这个故事中，你懂得了什么？

相关评价

如果遇到做了坏事反还要报酬的人，我们应该主动远离他。因为即使他给你造成了损失，你还不能对他生气，否则他会觉得你不知好歹，将错误全都怪在你的身上。这种人是非常可怕的。

囫囵吞枣

名师导读

几个人闲来无事在一起聊天，说起了吃梨和吃枣的好处和坏处，却由此引出一个笑话，这是怎么回事呢？

❶语言描写 年纪大的人的话说明了吃梨和吃枣的好处和坏处。

有几个人闲来无事，在一起聊天。①一个年纪大的人对周围几个人说："吃梨对人的牙齿有好处，不过，吃多了的话是会伤脾的；吃枣呢，正好与吃梨相反，吃枣可以健脾，但吃多了却对牙齿有害。"人群中一个呆头呆脑的青年人觉得有些疑惑不解，他想了想说："我有一个好主意，可以吃梨有利牙齿又不伤脾，吃枣健脾又不至于伤牙齿。"

那位年纪大的人连忙问他说："你有什么好主意，说给我们大家听听！"

那傻乎乎的青年人说："吃梨的时候，我只是用牙去嚼，却不咽下去，它就伤不着脾了；吃枣的时候，我就不嚼，一口吞下去，这样不就不会伤着牙齿了吗？"

一个人听了青年说的话，跟他开玩笑说："你这不是将枣囫囵着吞下去了吗？"

❷叙述说明 说明这个青年人很愚笨，不知道人们为什么笑他。

②在场的人都哈哈大笑起来，笑得那个青年人抓耳挠腮，更是傻乎乎的了。

这个年轻人自作聪明，如果按他说的办法囫囵吞枣的话，把枣子整个的连核也吞下去了，难以消化，哪还谈得上什么健脾呢？

精华赏析

这个故事告诉我们，做事不要着急，不要把一步不能完成的事强行一步做好，要按事物的一般规律，正确处理。对事物的认识要全面，不要含含糊糊的。

延伸思考

1.人们为什么笑话青年人？

2.想一想，在生活中你有没有“囫囵吞枣”的经历？

相关评价

有些人总是以为自己比别人聪明，结果想出一些非常愚蠢的事情，说一些愚蠢的话。所以我们一定要认识到自己的能力，不要妄自尊大。在做事和说话之前我们一定要仔细想清楚，不要等到事后闹出大笑话。

在学习的过程中，我们先要将所学的知识理解清楚，然后再认真地去掌握它。如果只是笼统地去学习知识，不管这知识是如何形成的，就无法真正地理解知识，也不会学习到真正的知识。

在提意见的时候，我们一定要从实际情况出发来考虑。不能只看结果，而不看这个过程。过程如果出现不对的地方，就不可能出现我们想要的结果。所以，不管是说话还是做事，一定要考虑清楚。

书生丢官

名师导读

有个南昌人，是个书生，一天他看到别人掉了一文钱而没有出声提醒，反而据为己有，之后他求官被任用，但还没上任便被罢官，这两者有什么联系呢？

---

❶**动作描写**

这个南昌人看到别人掉了钱而没有出声提醒，反而自己捡走了。

❷**叙述说明**

这个人被检举弹劾了，这是为什么呢？

有个南昌人，住在京城里，做着国子监的助教。[1]一天，他偶然路过延寿街一家书铺，看见一个年轻人正在点钱买《吕氏春秋》。刚好有一枚钱掉在地上，这个人就走过去用脚踩住了钱。等年轻人走后，他弯下腰把钱捡起来。旁边坐着个老头子，看了半天，忽然站起来问这人的名字，冷笑两声就走了。

后来这个人以上舍生的名义，进了誊录馆，求见选官，得到了江苏常熟县尉的职位。他打点好行装，正准备上任，递了一张名片给上司。当时，汤潜庵正担任江苏巡抚，这人求见了十多次，巡抚都不见他。[2]官府里的巡捕传下汤潜庵的话来，叫这人不必去赴任，原因是他的名字已经进了被检举弹劾的公文里了。这人大惑不解，便问是为什么事情而被弹劾的。人家回答说："是因贪污。"这人想，自己还没到任，哪里会贪污呢？肯定是搞错了，就想进去当面解释一下。巡捕将此事禀报了汤潜庵后，再次出来传话道："你难道不记得当年在书铺里的事了吗？你当秀才的时候，尚且爱那一文钱如命。现在你运气好，当上了地方官，那你还不把手伸进人家的口袋里去偷，成为戴着乌纱的小偷？请你马上解下大印走吧，别一路上哭个不停。”这人才知道，当年问他姓名的老头，竟是这位汤老爷。他于是惭愧地辞官而去。

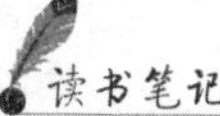

精华赏析

当官还没上任就被弹劾，也算是一件出人意外的事。这个故事可以给那些贪图小利、行为不检的人做个劝诫吧。

延伸思考

1.老人为什么询问书生的名字？
2.书生为什么被罢官？

相关评价

书生曾经将别人不小心掉在地上的一枚钱占为已有，之后当官了，却被人弹劾了，原因在于他将那枚不属于自己的一枚钱占为已有。说明可以从一件小事中看出一个人的人品，大家永远都不要忽略小事。路不拾遗是一种非常宝贵的品质，从中可以看出一个人对钱的态度。一个人若是连一点小钱都贪，当他有机会的时候，肯定会让贪念控制自己，贪取更多的钱财。君子爱财，取之有道。不属于我们的钱，我们就不能要。如果让贪念左右了自己，最终会落得一个不好的下场。

雄鸡与鸿雁

名师导读

有许多人有很大的才能却总是得不到施展，他们对于这种情况会采取不同的措施应对，让我们来看看文中的主人公是怎样做的吧……

❶叙述说明

田饶有才能却总是得不到鲁哀公的赏识。

①有个叫田饶的人，在鲁哀公身边做事已经好几年了，可是鲁哀公并不了解田饶的远大志向，总是待田饶平平。田饶的才智得不到施展，他决意离开鲁哀公到别国去。

田饶对鲁哀公说："我打算离开您，像鸿雁那样远走高飞。"

鲁哀公不明白田饶的意思，问道："你在这里不是很好吗？为什么要走呢？"

田饶说："大王您经常见到雄鸡吧！你看它头上戴着大红的鸡冠，非常文雅；它双脚长有锋利的爪子，十分英武；它面对敌人时毫不畏惧、敢斗敢拼，格外勇敢；它看见食物时总是'咯咯'叫着招呼同伴们一起来享用，特别仁义；它还忠于职守，早起报时从不误事，极其守信。尽管雄鸡有着这么多长处，可是大王还是漫不经心地吩咐把它煮了吃掉。这是什么原因呢？②因为雄鸡经常在您身边，您每天见惯了它，习以为常，它的光彩在大王眼里便黯然失色，大王感觉不到它那些杰出的优点与才能。而

❷叙述说明

解释了大王感觉不到雄鸡的优点与才能的原因，即大王已经见惯了它，而田饶面对的就是这种情况。

注释

漫不经心：随随便便，不放在心上。漫：随便。

那鸿雁，从千里之外飞来，落在大王的水池边，它啄食大王池中的鱼鳖；落在大王的田园里，毁坏大王的庄稼。鸿雁尽管没有雄鸡的那些长处，可是大王依然很器重鸿雁。这又是为什么呢？①因为鸿雁是从遥远的地方来的，它的身上有一种神秘感，它的一切作为，大王都认为是非常伟大的。所以，请大王让我也像鸿雁一样远走高飞吧。”

①叙述说明 解释了大王认为鸿雁伟大的原因，即外来的鸿雁身上有一种神秘感。

鲁哀公说：“请你别走，我愿意把你说的这些话都记下来。”

田饶说：“您认为我平淡无奇，并不觉得留下我有什么大用，即使记下我的话，也不起什么作用。”于是田饶就离开鲁国前往燕国去了。

燕王让田饶做了相国，田饶从此有了机会施展自己治国安邦的本领。三年以后，田饶把燕国治理得井井有条，国内富足安定，边境平安。田饶名声大震，燕王也十分得意。

鲁哀公知道这些情况后，万分感叹，对当年没能留下田饶感到后悔莫及。为此，他一个人独居三个月，深刻反省，又降低自己的衣食标准，以示自责。鲁哀公发自内心地慨叹道：②“以前由于不能知人善任，才使得田饶离我而去，以至于造成了今天的悔恨。真希望田饶能再回到我身边，可是，我知道已经很难了。”

②语言描写 鲁哀公现在已经后悔了，懊恼没有合理运用人才。

田饶以雄鸡和鸿雁的故事来告诉鲁哀公自己的感受。这个

故事告诫人们要珍惜人才。

延伸思考

1.田饶为什么要离开鲁哀公?

2.田饶以什么方式告诉鲁哀公自己的感受?

相关评价

领导者在用人的时候,不能抱有“远来的和尚会念经”这种想法。这样总是会将目光放在那些得不到的人的身上,觉得他们比较优秀,而忽略了身边那些尽忠职守、任劳任怨的手下。这是许多领导者容易犯的通病,他们往往对自己身边的优秀人才视而不见,只是一味好高骛远,崇拜引进的人才,认为他们才有真才实学,这是不正确的。正确的做法是,应该善于发现身边的人,知人善任,给下属提供施展才能的机会。这样就会很容易找到真正的人才,而且能够留住更多的人才。一个有慧眼能识人才的领导者,必然会吸引更多有能力的人才来投靠自己。

顽固的蹶叔

名师导读

民间有句俗语：不听老人言，吃亏在眼前。这句话尤其针对那些固执己见的人，而本文中蹶叔就是这样一个人。我们来看看倔强给他带来了什么危害吧……

---

[1]传说从前有一个叫作蹶叔的人，性格很是倔强，又常常自以为是，爱跟别人唱反调。

> ❶叙述说明
> 介绍了蹶叔的性格，引出下文。

蹶叔在龟山的北面种粮食，总想与人家倒着来。他在高而平的地方种水稻，却在又低又潮湿的地方种高粱。他有个很忠诚的朋友，见他这样做不会有什么好处，就好言劝说他道："高粱适合种在旱的地方，水稻宜于种在低湿的地方，可是你现在正好相反，违反了水稻和高粱生长的习性，那怎么能获得丰收呢？"蹶叔听了朋友的话，一点儿都没放在心上，还是我行我素。[2]结果他辛辛苦苦地种了十年地，每年都歉收，粮仓里一点储备也没有。眼看就快没饭吃了，他这才去看朋友的地，发现朋友正是像他劝说自己的那样种地，所以获得了丰收，不由得懊悔万分，就向朋友道歉说："您说得对啊，我知道悔改了，不再不听劝告了。"

> ❷叙述说明
> 蹶叔的顽固使得他种地十年，年年都歉收。

后来，蹶叔到汶上去做买卖。他做生意完全不加考虑，看到别人进的什么货物好卖，他也一定进什么货，处处都硬要和人家竞争。这样一来，他的货一到手，就积压得厉害，使他手上的货总是卖不出去，价钱被压得极低。蹶叔的朋友担心他吃亏，就又教他说："善于做买卖的人要进别人暂时不好卖的货物，这样，一旦等到机会来了，就可以获得好几倍的利润。这正是古代大商人白圭致富的原因啊！"蹶叔又不听。[①]过了十年，蹶叔常常亏本，终于入不敷出，到了非常困窘的境地。这时，蹶叔才回想起了朋友的话，意识到朋友是正确的，又去找到他的朋友道歉："我现在知道自己错了，从今以后，我再也不敢不悔改。"

❶叙述说明　蹶叔的顽固使得他经商也失败了，到了非常困窘的境地。

有一天，蹶叔要驾船出海，邀请了他的朋友一起去海边。他的朋友将他送上船，告诫他说："等你到了海水归聚之处，一定要返航回来，不然船一进去就再也出不来了。"蹶叔表示自己记住了，会听朋友的话。蹶叔驾着船随着波浪向东驶去，航行了些日子，到了海水归聚的深渊边上。这时候，他又犯了那顽固的老毛病，坚持己见继续前进，结果船被卷入深深的大壑中。[②]蹶叔就在这黑暗的地方，忍受着颠簸和孤独，非常艰难地过了九年。直到一次赶上大鲲化为大鹏时激起的巨浪，才总算被冲出了大壑，可以回家了。

❷叙述说明　蹶叔不听朋友的劝诫，结果在深深的大壑中待了九年。

蹶叔回到家里，头发全白了，形体枯瘦得就像根蜡烛，亲朋好友没有一个人能认得出他来。蹶叔再次找到他的朋友，深深地拜了两拜，还对天发誓说：[③]"我如再不悔改，请太阳作证惩罚我。"他的朋友笑着说："悔改是悔改了，但还有什么用呢？"

❸对话描写　蹶叔到老了才知道悔改，但是已经晚了。

蹶叔为人固执己见，不听朋友的劝告，所以他一生悲惨，到

老了才真正知道悔改，但是为时已晚。这个故事告诫我们要善于听取朋友的意见，做错了事要诚心悔改。

延伸思考

1.蹶叔是一个怎样的人？

2.这个故事告诫我们什么？

相关评价

做人不能像蹶叔一样固执和自以为是，当别人好心向我们提出意见时，我们应该虚心听取。如果别人说得有道理，我们就按照别人说的来做。如果别人说得不对，我们可以一笑而过，没有必要像蹶叔一样反其道而行之。这样做对别人来说并没有什么损害，损害的只是自己的利益。其实那并不是显示出自己的与众不同，只是和自己斗气。在社会生活中，不管做什么事情，应该随大流。到了该做什么事情的时候，我们应该做什么，而不是一意孤行去做相反的事情，最后吃亏的只会是自己。

有时候，一些人会说，只要你能改正自己的错误，什么时候都不算晚。但是当你已经到了认识到自己错误，改正也没有什么意义的地步，悔过也没有什么用了。

拔苗助长

名师导读

有没有让长得慢的庄稼快速长高的方法？让我们来看看本文中宋国人是怎么做的。他的这种做法让庄稼长高了吗？从中我们学到了什么？

有一个宋国人靠种庄稼为生，天天都必须到地里去劳动。①太阳当空的时候，没个遮拦，宋国人头上豆大的汗珠直往下掉，浑身的衣衫被汗浸得透湿，但他却不得不顶着烈日弓着身子插秧。下大雨的时候，也没有地方可躲避，宋国人只好冒着雨在田间犁地，雨打得他抬不起头来，雨水和着汗水一起往下淌。

❶叙述说明 说明这个宋国人的日子过得很辛苦。

就这样日复一日，每当劳动了一天，宋国人回到家以后，便累得一动也不想动，连话也懒得说一句。宋国人觉得真是辛苦极了。更令他心烦的是，他天天扛着锄头去田里累死累活，但是不解人意的庄稼，似乎一点也没有长高，真让人着急。

这一天，宋国人耕了很久的地，坐在田埂上休息。他望着大得好像没有边的庄稼地，不禁一阵焦急又涌上心头。②他自言自语地说："庄稼呀，你们知道我每天种地有多辛苦吗？为什么你们一点都不体谅我，不快快长高呢？快长高、快长高……"他一边念叨，一边用手去拔身上衣服的一根线头，线头没拔断，却出来了一大截。宋国人望着线头出神，突然他的脑子里蹦出一个主意："对呀，我原

❷语言描写 表现出了宋国人渴望庄稼丰收的心情。

来怎么没想到，就这么办！”宋国人顿时来劲了，一跃而起开始忙碌……

太阳落山了，宋国人的妻子早已做好了饭菜，坐在桌边等他回来。[①]“以往这时候早该回来了，会不会出了什么事？”她担心地想。忽然门“吱呀”一声开了，宋国人满头大汗地回来了。他一进门就兴奋地说：“今天可把我累坏了！我把每一根禾苗都拔出来了一些，它们一下子就长高了这么多……”他边说边比画着。“什么？你……”宋国人的妻子大吃一惊，她连话也顾不上说完，就赶紧提了盏灯笼深一脚浅一脚地跑到田里去。可是已经晚了，禾苗已经全都枯死了。

①心理描写

表现出妻子对宋国人的担心，同时引起读者的好奇心，他想到什么好办法帮助禾苗生长呢？

精华赏析

这个故事告诉我们，自然界万物的生长，都是有自己的客观规律的，人不能强行改变这些规律，只有遵循规律去办事才能取得成功。愚蠢的宋国人不懂得这个道理，急功近利，急于求成，一心只想让禾苗按自己的意愿快长高，结果落得一个相反的下场。所以，要做好一件事，不仅需要耐心，需要热情，更要用科学的方法来做，要踏踏实实，不急不躁，不能投机取巧。

延伸思考

1.宋国人平时的生活是怎样的？

2.宋国人的办法有用吗？

相关评价

做事一定要有耐心，要合乎自然界的生长规律，不要想着投机取巧。

不同的“偷”之道

名师导读

一个姓向的人向姓国的人请教致富的方法,姓国的人告诉他自己是因为善于“偷”才致富的。姓向的人听了这番话后会怎么做?他最终落得个什么下场?这又是怎么回事呢?

❶叙述说明

姓向的人去向姓国的人打听生财之道,姓国的人能告诉他吗?引出后文。

从前有这样两户人家,一家是齐国人,姓国,十分富有;一家是宋国人,姓向,非常贫穷。①姓向的人听说姓国的人很有钱,便专程从宋国跑到齐国,向姓国的人请教致富的方法。

姓国的人告诉他说:“我之所以发家致富,是因为我很善于‘偷’。我只用了一年的工夫就有了吃穿,两年下来就相当富足,三年过后,我的土地成片、粮食满仓,我成了方圆百里之内的大户。从那时起,我便向乡邻施舍财物,大家都得到了我的好处。”

❷叙述说明

姓向的人误解了姓国的人的意思,他将会有什么下场呢?

姓向的人听了十分高兴。②可是他以为姓国的人致富走的是偷盗这条路,他以为姓国的人所说的“偷”就是到处翻越人家的院墙,凿开人家的房间,凡是眼睛所看到的、手能拿到的,就可以拿走归自己所有。于是他回家以后,到处偷窃。没过多久,他因被人查出了赃物而判罪。姓向的人不但清退了全部赃物,而且被判没收他以前积累的所有家产。

姓向的人把自己的失败归咎于受了姓国的人欺骗,

于是就到齐国去，找到姓国的人责备说："你骗我，我去偷怎么就犯了法呢？"

姓国的人听了哈哈大笑，说："你是怎么去偷的呀？"

姓向的人把自己翻墙打洞偷盗别人财产的经过讲给姓国的人听了，[①]姓国的人又好气又好笑地对他说："唉，你真是太糊涂了！你根本没弄懂我所说的'善于偷'是什么意思。现在我仔细告诉你吧。人都说天有四季变化，地有丰富的出产，我偷的就是这天时和地利呀。[②]雨水雾露、山林特产可以使我的庄稼长得很好，房舍建得很美。我在陆地上能'偷'到飞禽走兽，在有水的地方能'偷'到鱼虾龟鳖。无论是庄稼、土木，还是禽兽和鱼虾龟鳖，这些东西都是大自然的产物，并不是我原本所有的。我依靠自己的辛勤劳动，向自然界索取财富，当然不会有罪过，也不会有灾祸。可是，那些金银宝石、珍珠宝贝、粮食布匹，却是别人积累起来的财富，你用不劳而获的手段去占有别人的劳动成果就是犯罪。你因偷盗罪而受到了处罚，那又能怪谁呢？"

姓向的人听了这番话，惭愧得一句话也说不出来。

❶神态描写

说明姓国的人为姓向的人的行为感到很无奈。

❷语言描写

姓国的人解释了自己说的"偷"的意思。

这个故事告诉我们：向人学习经验的时候一定要弄清楚对方所说的方法的本质，而不要只根据表面意思，不加思索就盲目行事。看来，明智的人懂得如何用辛勤劳动、用自己的双手去向大自然索取，创造财富；愚蠢的人才会想到用非法手段，走"捷径"去攫取别人的劳动成果使自己致富。这种人，到头来还是要栽跟头的。

延伸思考

1. 姓向的人为什么被没收了家产？

2. 姓国的人说的“偷”是什么意思？

相关链接

在向他人请教的时候，一定要将别人的话完全弄清楚，不可一知半解，更不可自作聪明。这样不仅无法从他人身上学到东西，还可能让自己走向歪路。聪明的人应该是善于学习的人，这样才能学习到他人身上的优点，让自己变得更加优秀。

在我们的身边，有着许许多多免费的财富。我们要善于发现那些免费的财富，而不是将目光盯在那些不属于自己的东西上面。偷窃是可耻的，是犯罪行为。但是“偷”免费的东西就可以，而这些东西就是天时地利，是大自然的产物。如果我们懂得利用大自然，就能够在大自然变化的过程中，得到更多的财富。这也说明大自然是一个宝藏，需要我们用勤劳和智慧来挖掘。

夫妻打赌

名师导读

一对夫妻眼睁睁看着小偷在偷自己家的东西,却谁也不来管这件事情,这是为什么?这对夫妻是怎么想的?我们从中可以得出什么结论?

古时候有一对夫妻,又懒又馋,而且都十分贪心,为了一点小利也互不相让地争吵不休。

①因为这对夫妻不愿干活,所以家里很穷。有一次,只剩下一点点钱了,用它刚好可以买三张大饼。

❶叙述说明 叙述了这个家庭很穷的原因。

大饼一买回来,丈夫和妻子就赶紧一人抓了一张吃起来,生怕动作慢一点被对方抢去了。很快,两个人就把各自手里的大饼吃完了。还剩下一张,不够两个人吃,他们又都不情愿把饼让给对方吃。两个人虎视眈眈地盯着饼,一言不发地对峙着,心里又想吃掉它,又对对方心存顾忌,不敢贸然动手去拿。

可这样耗下去也不是个办法啊。②过了半晌,丈夫想出了一个主意:“这样吧,我们来打个赌,谁先开口说话,谁就不能吃那张饼。”妻子回答道:“赌就赌,我一定不会输给你的。”

❷语言描写 丈夫说两人打赌,输的人就不能吃那张饼,那么谁会赢呢?

于是,夫妻俩就这么呆呆地坐着,一言不发,连打个喷嚏都尽量小声,生怕是自己先开口说话而吃不成饼了。

渐渐地,夜幕降临了,这对夫妻还没赌出一个结果来。有个小偷趁夜黑出来作案,听到这一家悄无声息,一点动静也没有，以为屋里没有人，就拨开门栓，溜了进来。

❶叙述说明 小偷被夫妻俩人吓倒了。

[1]小偷蹑手蹑脚地走到堂屋里，一看桌旁竟然还端坐着两个大活人，吓了一大跳，暗叫“不好”，准备逃跑。可是他发现这两个人都只盯着他看，脸上的表情有些惊恐，却既不动也不讲话。小偷心里好生奇怪，不过这会儿他也顾不上细想，大着胆子拿了几样东西，看两个人有什么反应。但只见两个人都流露出可惜心疼的样子，但还是不动也不语。

❷叙述说明 夫妻俩为了一张饼而眼睁睁看着小偷将家里值钱的东西带走。

“这两个人莫非得了什么呆病吧？管他呢，先拿东西要紧。”小偷把这对夫妻家里值钱的东西全都放到一起，用一个大包袱捆成一堆，准备带走。[2]夫妻俩眼睁睁地瞧着，心疼极了，但谁都不愿先开口说话。

小偷走的时候，见妻子长得不错，又顺手去调戏她。丈夫仍然无动于衷，妻子再也忍不住了，跳起来大喊：“来人哪，抓贼呀！”又冲丈夫骂道：“你这个笨蛋，为了一张饼，连有贼都不喊一声，真是蠢到家了！”

丈夫见妻子终于开口说话了，高兴得一把抓过饼大笑道：“哈哈，夫人，你终于认输了，我就知道我一定会赢到这张饼的！”

这一对愚蠢的夫妻，只为了区区一张饼，见了小偷都不开口说话，眼睁睁地差点丢光了家里的财物，真是贪小便宜吃大亏。我们可不能学他们只为了眼前的小利而不顾全大局，否则，后果将是不堪设想的。

延伸思考

1.这对夫妻最后是谁得到这个饼的?

2.妻子输了,丈夫赢了,说明了什么问题?

相关评价

在生活中,我们不可因为一时赌气,而做出愚蠢的事情。人有胜负心是一件好事,但是在有些事情上面,我们没有必要争一个输赢。那对愚蠢的夫妻就是为了争一个输赢,让小偷偷了家中的东西。他们想要得到的是一张饼,结果丢失了比饼更加重要的东西。凡事有个轻重缓急,一定要分清楚哪些事情重要,哪些事情不重要。如果像文中的夫妻俩因小失大,实在是太不值得了。

有时候,好胜的心理能够让我们赢得许多场比赛,能够让我们变得更加有动力,朝着更高更远的目标前进。但是胜负心太重也是一种负担,它让我们变得压力过大,让我们不敢承受失败,让我们太过脆弱……所以我们一定要注意调节自己的心理,不要过分地看重输赢。

活到老学到老

名师导读

一个人七十岁的时候学习会不会太晚了呢？本文中晋平公是怎样做的？师旷又是怎么回答晋平公的提问的？这个故事给我们什么启示？

❶叙述说明

说明晋平公很爱学习，知道知识是很有用的。

晋平公作为一位国君，政绩不凡，学问也不错。[①]在他七十岁的时候，他依然还希望多读点书，多学点知识，总觉得自己所掌握的知识实在是太有限了。可是七十岁的人再去学习，困难是很多的，晋平公对自己的想法总还是不自信，于是他去询问他的一位贤明的臣子师旷。

师旷是一位双目失明的老人，他博学多智，虽眼睛看不见，但心里亮堂着呢。晋平公问师旷说："你看，我已经七十岁了，年纪的确老了，可是我还很想再读些书，长些学问，又总是没有信心，总觉得是否太晚了呢？"

师旷回答说："您说太晚了，那为什么不把蜡烛点起来呢？"

❷语言描写

晋平公没弄懂师旷的意思，因而以为他在戏弄自己。

[②]晋平公不明白师旷在说什么，便说："我在跟你说正经话，你跟我瞎扯什么？哪有做臣子的随便戏弄国君的呢？"

师旷一听，乐了，连忙说："大王，您误会了，我这个双目失明的臣子，怎么敢随便戏弄大王呢？我也是在认真地跟您谈学习的事呢。"

晋平公说："此话怎讲？"

师旷回答说：[1]“我听说，人在少年时代好学，就如同获得了早晨温暖的阳光一样，那太阳越照越亮，时间也久长。人在壮年的时候好学，就好比获得了中午明亮的阳光一样，虽然中午的太阳已走了一半了，可它的力量很强，时间也还有许多。人到老年的时候好学，虽然已日暮，没有了阳光，可他还可以借助蜡烛啊！蜡烛的光亮虽然不怎么明亮，可是只要获得了这点烛光，尽管有限，也总比在黑暗中摸索要好多了吧！”

❶语言描写 师旷叙述了自己说点蜡烛的原因。

晋平公恍然大悟，高兴地说：“你说得太好了，的确如此！我有信心了。”

精华赏析

这个故事告诉我们：活到老，学到老。在人生的各个阶段，人会有不同的表现，应该克服缺点，发扬优点。只要自信，年龄、身体状况等因素都不是学习的障碍。诚然，不爱学习，即使大白天睁着眼，也只能两眼一抹黑。只有经常学习，不论年少年长，学问越多心里越亮堂，才不至于盲目处事，糊涂做人。

延伸思考

1.晋平公一开始为什么认为师旷是和他开玩笑？

2.师旷说的“点蜡烛”是什么意思？

相关评价

不管我们多大岁数，只要我们想要学习，都不算晚。因为从现在一刻开始学习，你就能够多掌握一点知识。一直犹豫，担心这担心那，结果到最后什么都没有学到。

惊弓之鸟

名师导读

本文中居然有人不用箭，只凭着弓箭响声就把大雁给打下来了。他是怎么办到的呢？从中你会受到什么样的启发？

更羸陪同魏王散步，看见远处有一只大雁飞来。他对魏王说："我不用箭，只要虚拉弓弦，就可以让那只飞雁跌落下来。"

❶语言描写 说明魏王不太相信更羸的话。

①魏王听了，耸肩一笑："你的射箭技术竟能高超到这等地步？虚拉弓弦就能让飞雁跌落下来？"

更羸自信地说："能。"

不一会儿，那只大雁飞到了头顶上空。只见更羸拉弓扣弦，随着嘣的一声弦响，只见大雁先是向高处猛地一蹿，随后在空中无力地扑打几下，便一头栽落下来。

魏王惊奇得半天合不拢嘴，拍掌大叫道："啊呀，箭术竟能高超到这等地步，真是意想不到！"

❷语言描写 更羸的话说明了他能让大雁掉下来的原因。

②更羸说："不是我的箭术高超，而是因为这只大雁身有隐伤。"

魏王更奇怪了："大雁远在天空，你怎么会知道它有隐伤呢？"

更羸说："这只大雁飞得很慢，鸣声悲凉。根据我的经验，飞得慢，是因为它体内有伤；鸣声悲，是因为它长久失群。这只孤雁创伤未愈，惊魂不定，所以一听见尖利的弓弦响声便惊逃高飞。由于急拍双翅，用力过猛，引起旧伤迸裂，才跌落下来的。”

精华赏析

掌握一种过硬的技术是一种本领；善于观察事物并能够掌握事物规律，则是一种更大的本领。

从这个故事中我们可以发现，细致的观察、严密的分析、准确的判断是更羸虚拉弓弦就能射落大雁的原因。这种观察、分析、判断的能力，只有通过长期刻苦的学习和实践才能培养出来。

现在常用“惊弓之鸟”这一成语来形容受过惊吓，遇到类似情况就惶恐不安的人。

延伸思考

1.更羸为什么能让大雁掉下来？

2.更羸为什么会知道大雁受伤了？

相关评价

我们要做一个善于观察的人、善于分析的人，生活中有许多事情，只是看表面看不出所以然，但是只要你从细节入手，并经过缜密的分析，能够从中看到更多的东西。做一个善于留心生活的人，能够让你懂得更多东西。

心虚的人如果受到惊吓就会非常害怕，这也说明内心不磊落的人过得比较辛苦，总是担惊受怕。我们做人要问心无愧、光明磊落，这样才能心安理得，不管发生什么事情我们都不害怕。

苛政猛于虎

名师导读

一位老婆婆坐在泰山脚下痛哭，她为什么哭？孔子知道原因后是怎么说的？从中我们发现了什么？

❶叙述说明

说明当时的朝廷政令让百姓畏惧，比大自然的恶劣环境更让百姓们害怕。

春秋时期，朝廷政令残酷，苛捐杂税名目繁多，老百姓生活极其贫困。[①]有些人没有办法，只好举家逃离，到深山、老林、荒野、沼泽去住，那里虽同样缺吃少穿，可是“天高皇帝远”，官府管不着，兴许还能活下来。

有一家人逃到泰山脚下，一家三代从早到晚，四处劳碌奔波，总算能勉强活下来。

这泰山周围，经常有野兽出没，这家人总是提心吊胆。一天，这家里的爷爷上山打柴遇上老虎，就再也没有回来。这家人十分悲伤，可是又无可奈何。

过了一年，这家里的父亲上山采药，又一次命丧虎口。这家人的命运真是悲惨，剩下儿子和母亲相依为命。母子俩商量着是不是搬个地方呢？[②]可是思来想去，实在是走投无路，天下乌鸦一般黑，没有老虎的地方有苛政，同样没有活路。这里虽有老虎，但未必天天碰上，只要小心，还能侥幸活下来。于是母子俩依旧在这里艰难度日。

❷叙述说明

说明当时的苛政使人畏惧，更甚于猛虎。

又过了一年，儿子进山打猎，又被老虎吃掉，剩下这位母亲一天到晚坐在坟墓边痛哭。

❸叙述说明

表现出孔子的热心肠。

这一天，孔子和他的弟子们经过泰山脚下，看到正在坟墓边痛哭的这位母亲，哭声是那样的凄惨。[③]孔子在车上坐不住了，他关切地站起来，让学生子路上前去打听，他在一旁仔细倾听。

子路问这位母亲："听您哭得这样悲伤，您一定有十分伤心的事，能说给我们听听吗？"

①这位母亲边哭边回答说："我们是从别处逃到这里来的，住在这里好多年了。先前，我的公公被老虎吃了；去年，我丈夫也死在老虎口里；如今，我儿子又被老虎吃了，还有什么比这更痛心的事呢？"说完又大哭起来。

①语言描写　这位母亲简单讲述了自己的遭遇。

孔子在一旁忍不住问道："那你为什么不离开这个地方呢？"

这位母亲忍住哭声说："我们无路可走啊！这里虽有老虎，可是没有残暴的政令呀！这里有很多人家都和我们一样是躲避暴政才来的。"

孔子听后，十分感慨。他对弟子们说："学生们，你们可要记住：残暴的政令比吃人的老虎还要凶猛啊！"

精华赏析

在封建社会里，穷人永远是受剥削、受压迫的对象，这是由封建社会的社会性质所决定的。即便是孔子，也只能空发一声叹息，而不能对穷人有根本的帮助。

延伸思考

住在泰山脚下的这家人，在几年之中遭遇了什么？

相关评价

统治者的暴行比老虎还要吓人，告诫统治者要以仁治国，这样才能让百姓过上好日子。

弥子瑕失宠

名师导读

卫灵公宠爱弥子瑕到了什么程度？后来弥子瑕为什么又失宠了呢？从这个故事中我们可以明白什么道理？

❶叙述说明 介绍了弥子瑕的身份，是卫灵公的宠臣。

[1]弥子瑕是卫国的一名美男子。他在卫灵公身边为臣，很讨君王的喜欢。

有两件事最能说明卫灵公宠爱弥子瑕的程度。其一是弥子瑕私驾卫灵公马车的事。有一次，弥子瑕的母亲生了重病，捎信的人摸黑抄小路赶在当天晚上把消息告诉了他。一时间，弥子瑕心如火燎，他恨不得立刻插上翅膀飞到母亲身边。可是京城离家甚远，怎么能心想事成呢？为了尽快赶回家去替母亲求医治病，弥子瑕不顾个人安危，假传君令让车夫驾着卫灵公的马车送他回家。卫国的法令明文规定，私驾君王马车的人要判断足之刑。后来卫灵公知道了这件事，不但没有责罚弥子瑕，反而称赞道：[2]"你真是一个孝子啊！为了替母亲求医治病，竟然连断足之刑也无所畏惧了。"

❷语言描写 表现出卫灵公对弥子瑕的宠爱程度，他没有惩罚私驾君王马车的弥子瑕。

卫灵公接受弥子瑕没吃完的半个桃子，是卫灵公宠爱弥子瑕的第二件典型事例。事情的经过是这样的：有一天，弥子瑕陪卫灵公到果园游览。当时正值蜜桃成熟

注释

心想事成：心里想到的，都能成功。多用于祝福语。

的季节，满园的桃树结满了白里透红的硕果。轻风徐徐，送来蜜桃醉人的芳香，让人垂涎欲滴。弥子瑕伸手摘了一个又大又熟的蜜桃，不洗不擦就大口咬着吃了起来。[①]这种摘下便吃所感受的新鲜爽口滋味是他未曾体验过的。当他吃到一半的时候，想起了身边的卫灵公。弥子瑕把吃剩的一半递给卫灵公，让他同享。卫灵公毫不在意这是弥子瑕吃过的桃子，还自作多情地说："你忍着馋劲把可口的蜜桃让给我吃，这真是爱我啊！"

❶**叙述说明**

弥子瑕从未体验过这种感觉，为后文做铺垫。

弥子瑕年纪大了以后容颜衰老，卫灵公因此丧失了对他的热情。[②]这时假如弥子瑕有得罪君王的地方，卫灵公不仅不再像过去那样去迁就他，而且还要历数弥子瑕的不是："这家伙过去曾假传君令，擅自动用我的车子；目无君威地把没吃完的桃子给我吃。至今他仍不改旧习，还在做冒犯我的事！"

❷**叙述说明**

说明卫灵公对弥子瑕的宠爱也是有限度的。

精华赏析

这个故事告诉我们：不顾事情的本质，只按表面现象决定好恶的做法是十分错误的。弥子瑕从年轻到年老，始终把卫灵公当成自己的一个朋友看待，在君王面前无拘无束。

延伸思考

1.卫灵公为什么很宠爱弥子瑕？
2.弥子瑕年老之后为什么不受卫灵公宠爱了？

相关评价

坚持一切从实际出发，使主观符合客观，是人们正确地认识世界和改造世界的根本立足点。

目不见睫

本文中楚庄王准备攻打越国，杜子用短短的几句话就使楚庄王打消了这个念头。杜子是怎么说的？我们从中可以学到什么？

楚庄王正准备去攻打越国，他把这个想法告诉了他的谋臣杜子。杜子问：“不知大王出兵越国的理由是什么？”[①]楚庄王说：“越国目前政治腐败、兵力不足，正是攻打的好机会，我不想放过这个机会。”杜子又问：“大王有成功的把握吗？”楚庄王十分自信地说：“当然有把握。越国眼下正不堪一击，我出兵必定是马到成功！”

> ❶**语言描写** 楚庄王叙述了自己想要攻打越国的原因。

看着楚庄王那盲目自信的样子，杜子语重心长地说：“大王，您所说的情况并不全对。越国目前情况的确很糟，可是我们楚国的情况也很不妙啊。[②]人的智慧跟人的眼睛一样，一个人可能常常深谋远虑，但往往想不到近忧，这就像人的眼睛常常看得很远却难以看清自己的睫毛一样。大王您很清楚地看到越国的危机，却对楚国的不足缺乏足够的分析。您仔细想想，楚国的军队其实并不强大，曾被秦国、晋国打败，还丢失了几百里的疆土，这不是兵力不强的表现吗？楚国的政治也未必清明，像庄足乔这样的大强盗，可以在国内横行霸道、肆意违法，而各级官吏却对他毫无办法，这不也是政治腐败的表现吗？依我看，楚国的情况要比越国更加糟糕，大王您看不到这些，

> ❷**语言描写** 杜子举例说明人总是想不到近忧。

却还想着要对越国用兵，这不正像目不见睫那样缺乏自知之明吗？您是否想到别的国家也会像您对越国的考虑一样而对楚国虎视眈眈呢？①因此，大王的当务之急应是认真把楚国自己的事办好才对呀！”

❶语言描写 杜子陈述了一大堆理由劝说楚庄王，最后总结出楚庄王现在的当务之急应该是把楚国的事情办好。

杜子的一番话，说得楚庄王如梦初醒，心服口服，他决定不去攻打越国，从此加强对楚国的治理，使楚国真正强大起来。

精华赏析

这个故事告诉我们：考虑问题要立足于现实，然后再作打算。

我们在日常生活中也很容易犯“目不见睫”的错误，看别人的缺点很容易，看自己的不足则很难；考虑问题常常想将来很远的事，却难以把握眼前的情况。这种对待问题的态度和思维方式是不对的，如不进行矫正将是很危险的。

延伸思考

1.楚庄王为什么想要攻打越国？

2.杜子是如何劝说楚庄王的？

相关评价

一个人应当注意时刻反省，我们可以看到社会的许多病态，但却会忽视自己的毛病。所谓“不识庐山真面目，只缘身在此山中”，人往往不能清楚地看到自身的不足，而喜欢用挑剔的目光审视他人，我们应该试着将同样的目光看自己。正确地认识自己，有自知之明是非常重要的。

书生救火

名师导读

有户人家着火了，全家人都很着急。儿子是怎样向邻居家借梯子的？借到梯子后，还来得及救火吗？就让我们一起来看看这个故事吧。

赵国成阳堪家失火了。火苗蹿上了房顶，但是家里没有梯子，全家人都很着急。

成阳堪立即派他的儿子成阳朒到奔水氏家里去借梯子。成阳朒从小读书，书念得不怎样，但古时候读书人那套穷酸礼节却学得很到家。①他立即换上一身出门做客的礼服，一摇三摆地到奔水氏家里去。见了奔水氏，连作三揖，然后登堂入室，毕恭毕敬地坐在客堂上。

❶叙述说明 成阳朒的穷酸礼节在这里便体现出来了。

奔水氏以为成阳朒做客来了，立即让家人摆设酒宴欢迎。成阳朒也向主人敬酒还礼。

喝完了酒，奔水氏问："您今天光临寒舍，一定有什么吩咐吧？"成阳朒这才说明来意：

②"不瞒您说，我们家飞来横祸，被天火烧着了房子，熊熊烈火，直蹿屋顶。想要登高浇水，可惜两肩没有长上翅膀，全家人只能跳脚痛哭。听说您家里有一架梯子，不知道能不能借我一用？"说罢，连连打躬作揖。

❷语言描写 成阳朒说话不紧不慢，很有礼貌，而且在喝完酒之后才说话，体现出他的迂腐。

奔水氏听后，急得直跺脚："你也太迂腐了！迂腐透了！如果在山里吃饭碰上老虎，一定会急得吐掉食物逃命；如果在河里洗脚看见鳄鱼，一定会急得扔掉鞋子逃跑。

家里烈火已经上房,现在是你打躬作揖的时候吗?”

奔水氏扛上梯子就往成阳朒家里跑。但是,成阳朒家的房屋早已烧成灰烬了。

精华赏析

这个故事告诉我们:做事情要讲究实效,分清主次,雷厉风行。如果一味地按照礼仪行事,只会误事。

家里起火,救火迫在眉睫,但这个书生却以书本知识作指导向邻居借梯子,结果误了救火。书是死的,人是活的,拿书本上的“死知识”来简单套用于现实生活,其结果可想而知。做人做事,应该从实际出发,分清主次矛盾,切忌“读死书”“死读书”。

延伸思考

1.从哪里可以看出成阳朒的迂腐?

2.奔水氏的那番话说明了什么?

相关评价

事有轻重缓急,有些事情比较重要时,那些不重要的事情就要放在一边。要善于分清楚哪些事情重要,哪些事情不重要,不要像文中的书生一样,只顾繁文缛节,却不着急家中着了火。读书是为了让人长智慧,而不是为了让人变成不知变通的书呆子。

施家和孟家

名师导读

施、孟两家的儿子学的是同样的学问，施家的儿子得到了君王的赏识，而孟家的儿子却遭到酷刑，这是为什么呢？从中我们能明白什么道理？

❶叙述说明

介绍了鲁国施家的两个儿子都得到了君王的赏识，做了大官。

[1]鲁国有一户姓施的人家有两个儿子，大儿子爱学儒家的仁义之术，小儿子爱学军事。大儿子用他所学的儒家仁义思想去游说齐王，得到齐王的赏识，聘请他为太子的老师。小儿子到楚国去，用他所学的军事思想游说楚王，在向楚王讲述自己的思想、观点时讲道理、举例子，有条有理。楚王听了很高兴，觉得他是个军事人才，就封他为楚国的军事长官。这样，兄弟二人一个在齐国任职，一个在楚国做官，他们赚的钱多，使家里很快富裕了起来。兄弟二人都有显赫的爵位，让他们家的亲戚朋友也觉得非常荣耀。

❷叙述说明

孟家与施家的情况大致相同，那结局是不是一样的呢？

施家邻居中有一户姓孟的人家，家庭情况与施家相仿：家境并不富裕，也有两个儿子。[2]大儿子与施家大儿子一样，好学儒家仁义之术，二儿子也是爱学兵法之术；两家的儿子还曾经在一道讨论学问，研究兵法。孟家为贫穷所困扰，生活很艰难。孟家看到施家这两年很快富裕起来，门口的车马来往不绝。来访的人员中有当兵的也有当官的，真够荣耀，很羡慕施家。由于这两家一直都很友好，孟家就向施家请教如何让儿子取得官职的方法。

施家的两个儿子就把自己怎样去齐国，怎样向齐王游说及如何到楚国，又如何对楚王游说和当官的经过如实地告诉了他们。

①孟家两个儿子听到后，觉得这是个门路，于是大儿子准备到秦国去，二儿子准备到卫国去。

孟家大儿子到秦国后用儒家学说游说秦王。他向秦王讲得头头是道，真是口若悬河。秦王说："当前啦，各国诸侯都要靠实力进行斗争，要使国家富强的，无非是兵力、粮食。如果光靠仁义治理国家，就只有死路一条。"秦王心想：这个人固然有才能，他要我用仁义之术治国就是想要我国不练兵打仗，不积粮食不富裕，这能行吗？②于是，命令军士对他施行了最残酷的宫刑，然后又将他赶出了秦国。孟家的二儿子到了卫国以后，用主张发展军事的学说游说卫王。他为了能让卫王采纳他的意见，能在卫国授爵当官，向卫王进言时有条不紊地讲述自己用兵的道理。卫王听后说："我们卫国是弱小国家，又夹在大国之间。对于比我们强的大国，我们的政策是要恭敬地侍奉它；对于同我们一样或比我们还要弱的小国，我们的方针是要好好地安抚它们，只有这样才是我们求得安全的好方法。③你提的军事治国固然不错，但如果我依靠兵力和权谋，周围的大国就会联手攻打我国，我们的国家很快就要灭亡。假若我好生生地放你回去，你必定会到别国去宣传你的主张，别的国家发展了军事力量再对外扩张起来，会对我国造成很大的威胁。"卫王感到这个人既放不得又留不得，于是派人砍断了他的双脚，然后把他押送回鲁国。

孟家的两个儿子回到家里已是残废人了，全家人感

①叙述说明

孟家的两个儿子选择的国家与施家两个儿子选择的国家不同。

②叙述

秦王对孟家的大儿子施行了宫刑，并且将他赶出秦国。

③语言描写

卫王认同孟家二儿子提出的军事治国主张，但是这个却不适合卫国。

注释

有条不紊：形容做事、说话有条有理，丝毫不乱。

到又悲又恨。父子三人找到姓施的人家里，悲痛地拍着胸脯责备施家。施家的人回答说：[①]“不论办什么事，凡是适应时势的就会成功、昌盛，违背时势的就会失败、灭亡。你们学的东西与我们相同，但是取得的效果却完全不同，为什么呢？这是由于你们选择的对象不同，同时又违背了时势啊。我们的做法和行为又有什么错误呢？”

①**语言描写**

施家的人说明了孟家的人失败的原因。

精华赏析

这个故事告诉我们：不论办任何事情，都必须考虑条件是否适合，对象选择得是否正确，要适应形势。对别人的经验不能死搬硬套，不然的话，必定会把事情办糟。

孟家的儿子一味照搬别人的经验，没有根据实际情况来考虑自己的主张与国情的差异，结果不但没有得到君主的赏识，反而受到了严厉的刑罚。

我们平时做事也要根据具体情况，分析具体问题。

延伸思考

1.孟家兄弟分别得到什么结局？

2.从这个故事中，你明白了什么？

相关评价

不管做什么事情，都应该顺应时势，如果违背事实，就会遭遇失败。孟家的两个儿子之所以遭遇悲惨的下场还有一个原因，就是他们并没有认识到成功是不可复制的，他们可以学习施家儿子成功的经验，但是不加思考地一味照搬，没有考虑实际情况，自然无法获得成功。即使知道别人是怎么成功的，也不意味着我们能够成功，因为每个人成功的方法都各有不同，我们能学习的只是经验而已。

鹬蚌相争

名师导读

战国时期，各个国家之间互有摩擦。有一次，赵国声称要攻打燕国，但是燕王不想打仗，于是委托苏代去劝阻赵王出兵，苏代能完成任务吗？

战国时候，秦国最强，它常常仗着它的优势去侵略别的弱国。弱国之间，也常常互有磨擦。

有一次，赵国声称要攻打燕国。①当时，著名的游说之士苏秦，有个弟弟叫苏代，也很善于游说。苏代受燕王的委托，到赵国去劝阻赵王出兵。

❶叙述说明

燕王并不想打仗，于是委托苏代去劝阻赵王出兵。

到了邯郸，苏代见到了赵惠文王。赵惠文王知道苏代是为燕国当说客来了，但明知故问："喂，苏代，你从燕国到我们赵国做什么来了？"

"尊敬的大王，我给你讲故事来了。"

②讲故事？你要讲什么故事呢？赵惠文王心中不禁一愣。

❷心理描写

赵惠文王对苏代的话感到不解，不知道他要讲什么故事。

接下来，苏代讲开了他要讲的故事。

他说这次到赵国来，经过易水的时候，看见一只蚌，正张开双壳在河边晒太阳。忽然飞来一只水鸟，伸出长嘴去啄蚌的肉。蚌立刻用力合拢它的壳，把水鸟的嘴夹住了。这时候，水鸟对蚌说："不要紧，只要今天不下雨，明天不下雨，你就会晒死的。等你死了我再吃你的肉。"

蚌不服气，它回敬水鸟说："不要紧，只要你的嘴今天拔不出来,明天拔不出来,你也会活不成的。咱谁吃谁的肉,还说不定呢!”

它俩争吵不休,谁也不肯相让。

❶叙述说明

叙述了故事的结尾,水鸟和蚌都被渔人得到了。

①正在它俩争吵的时候,有一个打鱼的人走了过来。那打鱼的人毫不费力地伸手把它俩一起提拿去了。

苏代讲完了上边的故事,然后严肃地对赵惠文王说:“尊敬的大王,听说贵国要发兵攻打燕国。如果真的发兵,那么,两国相争的结果,恐怕要让秦国做渔人了。”赵惠文王觉得苏代的话有道理,便放弃了攻打燕国的打算。

精华赏析

本文主要是通过苏代讲述的故事,说明“鹬蚌相争,渔翁得利”的道理。

延伸思考

1.苏代讲故事的目的是什么?

2.燕王为什么委托苏代去完成劝阻赵王出兵的任务?

相关评价

处理事情的时候一定要注意外部情况,考虑事情一定要周全,不能将精力全都花在眼前的事情上面,不然当意外发生的时候,自己将会不知所措。不管什么情况下,都要懂得权衡得失,看清利弊,不能和对手争强好胜,落得个两败俱伤的下场,让第三者得利。

玉器和瓦罐

名师导读

韩昭侯平时说话不太注意，往往在无意间泄露了重大机密，大臣们为此感到苦恼不已。那么，本文中堂豀公如何在不触怒韩昭侯的情况下指出这一点呢？

---

①韩昭侯平时说话不太注意，往往在无意间将一些重大的机密事情泄露了出去，使得大臣们周密的计划不能实施。大家对此很伤脑筋，却又不好直言告诉韩昭侯。

有一位叫堂豀公的聪明人，自告奋勇到韩昭侯那里去，对韩昭侯说："假如这里有一只玉做的酒器，价值千金，它的中间是空的，没有底，它能盛水吗？"韩昭侯说："不能盛水。"堂豀公又说："有一只瓦罐子，很不值钱，但它不漏，你看，它能盛酒吗？"韩昭侯说："可以。"

于是，堂豀公因势利导，接着说："这就是了。一个瓦罐子，虽然值不了几文钱，非常卑贱，但因为它不漏，却可以用来装酒；而一个玉做的酒器，尽管它十分贵重，但由于它空而无底，因此连水都不能装，更不用说人们会将可口的饮料倒进里面去了。②人也是一样，作为一个地位至尊、举止至重的国君，如果经常泄露臣下商讨的国家机密的话，那么他就好像一件没有底的玉器。即使是再有才干的人，如果他的机密总是被泄露出去了，那他的计划就无法实施，因此就不能施展他的才干和谋略了。"

①叙述说明 叙述了韩昭侯的说话习惯，引出后文。

②语言描写 堂豀公在做了一番铺垫之后，向韩昭侯表述了他这番话的真正含义，说明了他的目的。

一番话说得韩昭侯恍然大悟，他连连点头说道："你的话真对，你的话真对。"

❶叙述

韩昭侯因为堂谿公的一番话而醒悟，变得十分谨慎。

[1]从此以后，凡是要采取重要措施，大臣们在一起密谋策划的计划、方案，韩昭侯都小心对待，慎之又慎，连晚上睡觉都是独自一人，因为他担心自己在熟睡中说梦话时把计划和策略泄露给别人听见，以致误了国家大事。

精华赏析

针对韩昭侯说话不太注意，总是泄露国家机密的事情，堂谿公对韩昭侯做了一番暗示，之后又表明自己的观点，体现堂谿公的聪慧和韩昭侯的慎重。

延伸思考

1.大臣们为什么不敢对韩昭侯直言他说话泄密的习惯？
2.韩昭侯在听取堂谿公的劝告之后是怎么做的？

相关评价

有智慧的人很善于说话，能从日常生活中的小事引出治国安邦的大道理，大家劝说人的时候一定要善于讲究方法，这样才能让自己的意见被人听进去。能够虚心接受意见、不唯我独尊的人，才是明智的领导者。做机密的事情一定要小心谨慎，如果将计划泄露出去了，即使计划谋划得再好，也没有用了。

能下雨的树

名师导读

小狗熊和小猫熊在旅游的时候发现了一棵能下雨的树,这棵树为什么会下雨呢?我们一起来看看吧!

小狗熊和小猫熊到美洲旅游时,在一个森林里相遇了。小狗熊告诉小猫熊一件奇怪的事:

①“昨天中午,我在一棵大叶子树下睡觉,突然,一阵哗哗的大雨把我浇醒了。我睁眼一看,太阳正直射着大地呢,除了树下很湿,外面连一点下雨的痕迹都没有。”

“哪有树会下雨的?纯粹是瞎编。”

“这是真的。不信,现在咱俩马上到那棵树下去看看。”

这时,正当中午,它们顶着烈日刚来到那棵树下,哗啦啦一阵大雨,就把它们淋了个透湿,而树外,没有一丝雨的影子。

“怎么样,这下相信了吧?”

小猫熊点了点头,瞅了瞅树冠说:

②“真怪,树怎么会下雨呢?”

“就是嘛!”小狗熊说,“书上讲下雨是地上的水被太阳一烤,变成水汽升到天上,水汽变成小雨滴。小雨滴你撞我、我撞你,变成大雨滴。空气托不住了,掉到地上就是雨。”

“可是树的四周也没有云啊!”

❶语言描写

小狗熊叙述了自己遇到的奇怪的事情,引出后文。

❷语言描写

小猫熊亲眼看到了树下雨的情景,不太理解这是为什么。

“这可能是棵魔树吧？”

它们在树下没完没了地猜测争论大树下雨的原因。

傍晚，一只归宿的小鸟看到它们那股不弄清下雨原因不罢休的样子，笑着说：[①]“这是棵雨树。至于下雨的原因，在树下就是争论十天，也不会弄清。”

①语言描写 小鸟告诉小猫熊和小狗熊这棵树是雨树，并且提醒它们在树下争论是没有用的。

小狗熊突然开窍：“咱俩都会爬树，为什么不爬到树上去找原因呢？”

“是啊，怎么就没有想到这一点呢？傻透了。”小猫熊自觉得好笑。

它们找了点吃的后，就上了树。

雨树的叶子有半米长，中间凹陷，四周隆起。[②]它们发现雨树的叶子能大量吸收水分。随着时间的流逝，叶子里的水越来越多，叶子慢慢卷缩成一个个“袋子”，它们掂了一下，估计每片叶子能吸一斤多水。为了找到下雨的全部原因，它们决定在树上过夜。

②细节描写 雨树的叶子很长，里面能够吸收一斤多的水。

第二天清晨，第一缕阳光照到树冠的时候，小狗熊和小猫熊醒来了。它们又发现袋子似的叶子有了变化：受到阳光的照射，“袋子”渐渐地张开了。到了午后，“袋子”完全张开，里面贮存的水便倾泻而出——雨树下雨了。

小狗熊和小猫熊为了找到雨树下雨的原因，亲身去体验，才从中发现雨树下雨的秘密。这个故事告诉我们，在遇见问题时要多动脑筋，不要盲目地猜测，学会从实践中分析问题、解决问题！

延伸思考

1.雨树为什么会下雨?

2.我们应该学习小猫熊和小狗熊的什么精神?

相关评价

在生活中,我们有时候会遇到一些不明白的事情,想要将事情弄清楚,需要我们慢慢去探索和研究。当然有些人在遇到问题之后,并不愿意去解决,将它当成一个未解之谜。这样他心中的谜题越来越多,不懂的事情也会越来越多。遇到不懂的问题之后,我们应该努力解决。其实有许多问题的答案就在我们身边,只要我们用心去思考、去寻找。不要害怕困难,要善于开动脑筋,你会发现许多事情并没有我们想象的那么难,在解决问题之后,你还能获得成功感。

大自然中有许多奇妙的事情是我们所无法理解的,需要我们慢慢去探索。我们要从小学好知识,打好基础,然后去探索大自然中的奥秘。

守株待兔

战国时期，人们常常吃不饱饭。在这样的环境中，一个懒汉该如何生存呢？

相传在战国时代，宋国有一个农民，日出而作，日落而息，遇到好年景，也不过刚刚吃饱穿暖；一遇灾荒，可就要忍饥挨饿了。[①]他想改善生活，但他太懒，胆子又特小，干什么都是又懒又怕，总想坐等送上门来的意外之财。

❶叙述 这句话点明了农民的为人，为这个故事的结局作了铺垫。

读书笔记

奇迹终于发生了。深秋的一天，他正在田里耕地，周围有人在打猎。吆喝之声此起彼伏，受惊的动物没命地奔跑。突然，有一只兔子，不偏不倚，一头撞死在他田边的树桩上。

当天，这个农民美美地饱餐了一顿。从此，他便不再种地。一天到晚，他守着那个神奇的树桩，等着奇迹再次出现。

一次偶然的机会得到了一只死兔子，于是就什么都不做等待奇迹的再次发生，这样的人是愚蠢的。因为他错将一种偶然

当成了必然，而机会永远只给有准备的人。

延伸思考

这个故事给你什么启示？

相关评价

故事中的农民抱着不切实际的幻想，注定了他悲惨的生活。能被称之为意外的事件自然是少有发生，与其指望概率微乎其微的意外事件发生，还不如脚踏实地，珍惜时间，用自己的双手去创造美好生活。

牛缺遇盗

名师导读

本文中牛缺遇到了强盗，但并未对其进行反击，只是让他们拿走了财物，这样他是否就免于一死呢？

牛缺，在上地这一带是位声望很高的饱学之士。有一次，他要去邯郸拜见赵国国君，途经耦沙时，遇上了一伙强盗。强盗抢走了他的牛车及随身衣物，他只好步行。①强盗在一旁看到这人对被劫之事并不在意，脸上连半点忧愁的表情都没有，心中不免生疑，于是便追上去问个究竟。

❶叙述说明 强盗们对牛缺的反应感到不解，于是便去询问他。

牛缺坦然地回答说："一个有德行的人，不应当因丢失一点供养自己的财物而去与人争斗，这样会危害它所供养的人的安全啊。"

②强盗们听后，同声称赞道："这真是一个贤德之人啊！"他们望着牛缺渐走远的背影，忍不住又商议："如此贤德之人去拜见赵国的国君，必会受到重用，他如果在国君面前告发了我们的强盗行径，我们一定会大难临头。因此，还不如先下手为强。"于是，这伙强盗再一次追上牛缺，并把他杀掉了。

❷语言描写 强盗们认同了牛缺的贤德，他们会做些什么呢？

有个燕国人听说了这件事后，就将全家族的人集合起来，告诫他们："今后谁遇上了强盗，可千万别学牛缺那样以贤德求忍让呀！"大家都牢牢记住了这个教训。

不久，这个燕国人的弟弟要到秦国去，一行人来到函谷关下，又遇上了强盗。[①]他想起了哥哥临别时的告诫，始终不肯轻易舍弃财物，在实在斗不过这伙强盗时，他又跪在地上，低三下四地哀求强盗以慈善为本，退还抢走的财物。

①叙述说明 燕国人的弟弟牢记着哥哥的话，他的结果会不会比牛缺更好呢？

强盗们被纠缠得大怒了，忍不住厉声喝道："我们没有要你的性命，就已经够宽宏大量了。你现在还要死死地缠住我们，索要财物，这不就把我们的行迹暴露了吗？我们既然已经做了强盗，哪里还有什么慈悲仁义可言？"只见这伙人手起刀落，将那个燕国人的弟弟杀了，同时还杀害了与之同行的四五个伙伴。

精华赏析

牛缺与燕人被害的悲剧警醒后人：对于杀人不眨眼的强盗，既不能讲"贤德"，也不能苦苦哀求；只有丢掉幻想，团结斗争，战而胜之，才是唯一正确的选择。

延伸思考

1.牛缺为什么会被杀？

2.燕国人为什么会被杀？

相关评价

对于那些不讲道理、杀人不眨眼的强盗，不要试图跟他们讲仁慈，否则吃亏的只会是自己。同时也不应该对他们苦苦求饶，不然也会惹怒他们。面对坏人，我们能做的就是团结起来，战胜他们。

鬼怪为害

名师导读

一个鬼降临楚地，使这里的百姓深受其害，每天都要为鬼杀猪宰羊，跪在地上顶礼膜拜，进献钱财。那么鬼是否能够一直猖狂下去呢？

❶语言描写 表现出鬼的猖狂，他在百姓面前十分桀骜。

❷叙述说明 街市上的一帮流氓无赖依附鬼的时间长了，都变得和鬼一样了。

①有一个鬼降临到楚地，它欺骗吓唬当地百姓说："天神派我来统治你们这块土地，我可以降祸，也可以赐福，就看你们的态度和表现了！"

当地百姓十分害怕，他们诚惶诚恐地顺从鬼的要求，唯恐怠慢了鬼。人们把鬼迎进庙里供奉起来，每天为鬼杀猪宰羊，跪在地上顶礼膜拜，进献钱财。鬼十分得意，百姓们却越来越贫苦。

街市上一帮流氓无赖平素惯于横行霸道，他们见到鬼的势头大，便都纷纷前往依附于鬼。②他们在鬼的面前又是磕头又是作揖，一副奴颜媚骨。时间一长，他们身上也都鬼气缠身，说话、办事、言行举止都与那恶鬼一模一样。这些坏蛋依仗鬼势，对百姓肆意欺凌，专横跋扈，害得老百姓日夜不得安宁，蒙受着恶鬼和依仗鬼势的这帮流氓所带来的深重灾难。

恶鬼和坏蛋在楚为害的事情终于被天神知道了。于是，天神亲自来到楚地，他指着鬼愤怒又蔑视地斥责道：

注释

专横跋扈：专断蛮横，任意妄为，蛮不讲理。

读书笔记

“你这恶鬼，原来只不过是个小小妖怪，却要人们把你供在庙里，享受着人们的祭祀；不但自己作威作福，还助长当地一群流氓的歪风邪气，今天看我来收拾你！”

天神说罢，发出了千钧霹雳，摧毁了被鬼盘踞的庙宇。那帮地痞流氓也一同被霹雳震死了，因为他们身上都有鬼气。

从此，楚地的鬼害得以平息，人们才得安宁。

精华赏析

恶鬼害人，恶势力也假借鬼势欺压百姓，可是，这些害人虫终究不可能永远横行霸道，总有一天会被正义消灭干净的。

延伸思考

1.鬼要求百姓们做些什么？

2.鬼最后的结局是什么？

相关评价

有的恶人喜欢仗势欺人，依附其他有势力的恶人来做恶。但是这种行为是没有好结果的，因为总会有正义的好人来收拾这群恶人的。至于那些仗势欺人的恶人，自然也不会有好结果。

当我们受到欺负，权益受到损害的时候，我们应该团结起来，不能让他们为所欲为，不然会助长他们的嚣张气焰，使他们变本加厉，更加猖狂。对于恶的行为，我们要坚决抵制，并且勇敢站出来反抗。

螳螂法官

名师导读

一只公正廉明的螳螂从昆虫界调到蜗牛、水螅界当法官，螳螂对违法者的审判依旧按昆虫界的刑法，为什么最后大伙都不服气，而且螳螂法官还被撤了职呢？

---

❶ 背景介绍……介绍了故事发生的背景，为后文做铺垫。

[①] 螳螂调到蜗牛、水螅界当法官后，仍然一成不变地按昆虫界刑法进行审判。

一天，他威严地站在审判席中央，用镰刀似的前脚举起判决书：

"绿水螅害死同胞，罪大恶极，证据确凿，判处死刑，立即执行。死刑执行是用刀把脑袋割成两半。"

绿水螅听到这个判决，心里暗暗好笑。场内，顿时议论纷纷。

❷ 语言描写……螳螂根据以前用的刑法进行判决，他认为这判决算很轻的。

"安静！安静！"螳螂接着又宣布，[②]"贪嘴蜗牛偷吃禁食植物，犯罪情节轻微，根据刑法第一百五十一条规定，切掉触角予以教训。"

贪嘴蜗牛立即昏了过去，别的蜗牛都忿忿不平：

"法官大人，你判得太重了。"

"是啊，这不要了他的命吗？"

"你不知道，我们蜗牛的眼睛是长在……"

"胡说！"没等他们说完，螳螂就拍着石桌大叫道，"你们是法官，还是我是法官？谁再敢捣乱，我就拘留他！"

注释

水螅：腔肠动物，身体圆筒形，口周围有触手，是捕食的工具，体内有一空腔。

大伙都不敢吱声了。

蜗牛的眼睛是长在长触角上的，短触角则是他们的“鼻子”。贪嘴蜗牛被切掉两对触角后，再也看不见东西，闻不到气味，找不到食物了，没过几天就死了。

而绿水螅呢，他的再生能力很强，脑袋被割成两半后，不但没有死，而且还长成了两个脑袋。从此，水螅中的犯罪越来越多，越来越严重。

蜗牛们向低等动物界最高法院告螳螂法官的状。

读书笔记

螳螂法官被撤了职。他很不服气，申辩说：“以前我在昆虫界当法官的时候，一直是按这个刑法审判的，谁都说我是个最公正的铁包公；现在，我还是按这个刑法审判，为什么要撤我的职？”

“就是因为这个才撤了你的职。蜗牛、水螅和昆虫的生理有许多截然不同的地方，你却还是按昆虫刑法判刑，结果使犯了轻罪的贪吃蜗牛丧了命，犯了重罪的绿水螅却没有受到应有的惩罚。”

螳螂垂下了头。

精华赏析

螳螂法官判案的故事告诉我们，每件事情都有不同的处理方法。故事中的螳螂法官自认为公平公正，但是他在工作之前并没有调查清楚，在蜗牛、水螅界评判应该怎样才公平，导致轻犯重判，重犯轻判，最后自己也被撤了职，实在是不划算。

延伸思考

螳螂为什么会被撤职？

相关评价

不管做什么事情，要事先对这件事情进行了解，不能凭着自己的主观臆断来行事。

豁达先生

吕廪生性格很豪放，于是自己给自己取了个外号叫“豁达先生”。有一次他遇到了女“吊死鬼”，那他是怎么面对的呢？

❶叙述说明

叙述了“豁达先生”这个外号的由来。

❷行为描写

吕廪生知道是吊死鬼，他为什么还捡起草绳呢？吸引读者的阅读兴趣。

江南松江县有一个姓吕的人，乡试中榜上有名，考上了廪生。①他这个人性格很豪放，自己给自己取了个外号叫“豁达先生”。

有一天的后晌午，豁达先生到县西某镇拜会朋友后回家，路过西乡，天渐渐地黑下来了。刚刚翻过一个小山坡，穿过一畦菜地，忽然看到一个妇人身材苗条，面部搽着淡粉，画着浓眉，急急忙忙地拿着绳索向前走着。她望见了吕廪生，略停了一下，便跑到路旁一棵大树下躲起来了，但手中所拿的绳索却丢失在地上。吕廪生走到绳索前，从地上拾起绳索看了一下，原来是一条草绳，用鼻子闻一下，有一股阴冷腐臭的气味。②他心里马上明白过来，这可能是别人讲的“吊死鬼”，便将草绳藏到怀里，若无其事地一直朝前走。

姓吕的正朝前走着，那个妇人从树后走出来，不一会走到前面拦住了他的路。吕廪生从路的左边走，她就拦住左边；向右边走，她就拦住右边。左边走，左边拦；右边走，右边拦，反复多次就是走不过去。天渐渐地黑了下来了……姓吕的心想：这就是大家所说的“鬼打墙”了。你“鬼打城”我都不在乎，更何惧你“鬼打墙”！于是他不顾一切地便向前硬冲撞过去。

[1]那女“吊死鬼”拦他不住，突然大叫一声，马上变成披头散发，满口、脸到处都在不断流着血的凶恶样子，连舌头都从口中伸了出来，越伸越长，一会儿伸了一尺有余，向着姓吕的跳跃。姓吕的对这女“吊死鬼”说：“你刚才搽着粉，画过眉，打扮得漂亮的样子是想迷惑我；接着拦住我走路，不让我回家是想阻拦我；现在又变作这么副穷凶极恶的样子来，是想以此吓唬我。这又有什么用呢？你的三套本领都用了，我还是不怕的。我看你再也没有其他的本领使出来了吧！你还不知道我这个人，我就是豁达先生。你知道我这个豁达先生吗？”

❶外貌描写 女“吊死鬼”现出了她本来的凶恶面貌。

读书笔记

女鬼听了这番话后，只得恢复了原形，立即跪在地上向吕廪生跪拜不止，然后急急忙忙地走开了。吕廪生仍然迈开大步向前走去。

精华赏析

这个故事告诉人们：一个人在前进的路上只要不受假象的迷惑，不畏困难的阻拦，不怕恶势力的恐吓，勇往直前，就会战胜困难，取得胜利。

延伸思考

1.豁达先生为什么不怕女“吊死鬼”？

2.从这个故事中，你明白了什么？

相关评价

不要害怕眼前的困难，勇往直前，你会发现这些困难并没有什么可怕的。

寻找隐身叶

名师导读

楚地有个人财迷心窍，非常贪心，却又不愿意好好做事，总是希望得到不义之财，最后却进了监狱。

从前，楚地有个人，财迷心窍，非常贪心，却又不愿意好好做事，自己养活自己，总想很容易地发大财。①于是他找了一大堆讲歪门邪道的书回来研究，还成天念叨："怎么才能轻而易举弄到一大笔钱呢？"指望能从这些书中找到不劳而获的窍门。

❶行为描写 表现出这个人的懒惰，想不劳而获。

一天，他在看一本叫《淮南子》的书，可看了很久，还是一无所获，不禁失望得很，准备干脆睡觉去算了。忽然，他的眼睛落在随便翻到的一页上，定住了。②只见书上有这么一句话："人如果能得到螳螂捕蝉时用来隐蔽自己的那片树叶，就可以隐形。"

❷引用 这里提到了隐身树叶，照应文题，引出后文。

这个人信以为真，大喜过望，扔下书就急急忙忙地跑到山上树林里去找隐身叶。他仰着脸到处仔细地看啊、找啊，几个时辰下来，脖子酸痛酸痛的，难受极了。

功夫不负有心人，他终于找到了。在一片树叶后面，一只螳螂潜伏着，伺机扑向身前即将到口的蝉儿。这个人忙爬到树上，把这片叶子摘下来，如获至宝般地捧在手

注释

大喜过望：结果比原来希望的还好，因而感到特别高兴。过：超过。望：希望。

里。忽然一阵风吹过来，叶子飘走了，落到地上，和早已落了厚厚一层的落叶混在了一起。这人跑过去，瞪大眼睛看了又看，怎么也分辨不出究竟哪一片才是他刚才摘到的树叶。无奈，他只得把这一大堆树叶全都扫到背篓里带回去。

[①]回到家里，他把带回来的树叶全都倒在地上，顺手拿了一片挡在脸前问妻子："喂，你看得见我吗？"妻子正忙着做家务，随便瞟了他一眼，漫不经意地回答："看得见！"这人就又拿了一片叶子遮住脸问："你看得见我吗？"妻子还是回答说："看得见！"

❶行为描写

表现出他急切的样子。

这样反反复复问了几百遍，妻子每次都回答"看得见"。到最后，妻子实在是不耐烦了，就随口敷衍地说："看不见了，看不见了！"这人听了，以为终于找到隐身叶子了，欣喜若狂。他将叶子小心地藏在身上，手舞足蹈地对妻子说：[②]"你在家里等着吧，我们马上就要发大财，过好日子了！"说完，也不顾妻子一脸的惊诧，就自个儿跑到集市上去了。

❷语言描写

他将妻子敷衍的话当真了，那他会去做什么呢？

集市上做生意、买东西的人熙熙攘攘，热闹非凡。大大小小的铺子里各色货物应有尽有：衣服、鞋子、首饰……真是琳琅满目，这个人眼都看花了。终于，他看中了一件贵重的头饰，便取出叶子遮住脸，伸手就往柜台里去拿。店里的伙计先是吃惊地看着他，不明白他为什么这么猖狂，一会儿终于回过神来，一把抓住他的手大叫道："来人哪，快来抓强盗啊！"附近的人们闻声赶来，把这个人扭送到了县衙门。

精华赏析

这个贪财的人利欲熏心，直至丧失了理智，可见贪心有多么可怕。像他这样被物质利益迷住了心窍，不惜去做损害别人的事，必然会得到一个被绳之以法的下场。

延伸思考

1.这个人为什么去寻找树叶？

2.这个人为什么会被抓？

相关评价

想要赚钱，就必须拥有赚钱的本事。天上不会掉馅饼，没有人能够白白得到许多钱，不劳而获的方法是不可能存在的。首先我们应该有正确的观念，认识到赚钱要靠自己的能力。然后我们再去学习一门赚钱的方法，踏踏实实地赚钱。靠自己劳动赚来的钱来得光明正大，用起来踏踏实实

那些总是想着不劳而获的人，他们则会走上歪路，甚至做出犯法的事情，最后只会落得一个不好的下场。如果有精力去研究怎么样找到不劳而获的窍门，还不如将精力花在如何赚钱上面，前一种方法是不可能有好结果的，而后一种方法却能够让我们成功如愿。

阅读总结

名家心得

我们之所以要阅读，并不仅仅是因为要考试，而是因为我们要生活。让阅读成为伴随学生终身的生活习惯，让阅读成为他们人生旅途所必须经历的精神跋涉。

——知名教育家、新教育实验发起人　朱永新

读书必须读好书，尤其是少年儿童。一篇作品被我们称之为名篇，前提是它已经经受住了漫长时间的考验，它已在时间的风雨中被反复剥蚀过而最终未能泯灭它的亮光。

——北大教授、当代文学研究室主任　曹文轩

读者感悟

寓言是什么？寓言是一个魔袋，虽然很小，却能拿出很多东西；寓言是一颗魔豆，虽然很小，却能长成参天大树；寓言是一根魔杖，虽然很短，却能变出很多宝物……寓言很美，美在简洁，美在内涵，美在语句。这本《中国古代寓言故事》是由许多寓言故事组成的，书中的每一个寓言故事看似很普通，但却都隐藏着深刻的道理，这个道理是我们要学习的。《中国古代寓言故事》是一本引人深思的好书。

书中每个简短的故事背后，又有哪个没有深刻的含义呢？有的故事教导人们做事情要看清事物本质，用正确的方法去处理——《抱薪救火》；有的则告诫我们对待自己的缺点、错误，要像对待疾病一样，决不能讳疾忌医，而应当虚心接受批评，防患于未然——《扁鹊说病》；还有的告诉我们不可犯教条主义错误——《郑人买鞋》……品读这些文章，我们感受颇深，受益匪浅。它们可以培养我们的阅读能力、理解能力，更能让我们感受到生活的真谛，领略到生活的智慧、想象的魅力和做人的道理。读一篇寓言，我们就好像长大了一岁，又积累了一点经验，对生活看得更透彻了。

《中国古代寓言故事》演绎的是古人的智慧，诠释的是为人处世的基本准则，它教育我们要有好的品质。读完了这一本书后，更令我感到中国古代文化的博大精深和中国古代文化的魅力所在。

《中国古代寓言故事》的文章短小精悍，幽默深刻。每篇文章只用寥寥数语便勾画出一幅情节生动的画面，中国古人的人生智慧也便在这幅画中得以鲜明呈现。阅读这本《中国古代寓言故事》，能受到先辈的智慧点拨，领悟做人、做事的道理，养成良好的行为习惯。

阅读拓展

古代寓言按照思想内容，可以概括成三类。

第一类是以生动活泼的比喻讲出深刻的哲理，不仅给人以美的享受，而且给人以智慧。中国自先秦开始，就出现许多哲理性很强的寓言，形成中国古代寓言的一大特色，其中有许多闪耀着朴素唯物主义或辩证法的思想光辉。

第二类是具有“劝善惩恶”性质的，其中也有许多给人以积极的启示。

第三类是“揭发伏藏，显其弊恶”，具有讽刺性意义的。其中有些是针对时政、痛斥恶俗陋习的，在一定程度上暴露了封建社会的黑暗和腐朽。

真题演练

一、填空题

1. ＿＿＿＿＿＿是寓言这种文体最基本的特征。

2. ＿＿＿＿＿＿的故事告诉我们要善于利用自己的优势对付对手的短处。

3. ＿＿＿＿＿＿这个故事中南郭先生不会吹竽，只是跟着混，鱼目混珠。后来，齐宣王死了，新继承王位的君王喜欢＿＿＿，南郭先生只能连夜逃走了。

4. ＿＿＿非常善于相马，并写了一本有关相马经验的＿＿＿＿。

5. 从＿＿＿＿的故事中，我们知道做事情要经过反复实践，掌握客观规律才能得心应手。

二、选择题

1. 齐桓公不计前嫌重用（　），成就了一番霸业。

A. 孙膑　B. 韩信　C. 管仲

2. 孟子以五十步笑百步的例子来劝诫（　）不要经常打仗。

A. 齐宣王　B. 梁惠王　C. 楚庄王

3.（　）的故事告诉我们看待问题要全面，不要想得太远了。

A. 杞人忧天　B. 悔之晚矣　C. 黔驴技穷

4.（　）发现了一起错杀的冤案，认为是自己的错，结果自杀身亡，体现了他公正不阿、执法如山的品性。

A. 李离　B. 赵奢　C. 长卢子

5.（　）为蔡桓公看病，但是蔡桓公不相信他说的话，结果不治而亡了。

A. 华佗　B. 张仲景　C. 扁鹊

6. 为曹操解决称象难题的是他的儿子（　）。

A. 曹植　B. 曹丕　C. 曹冲

三、判断题

1. 郑人买鞋的故事讽刺了不尊重客观实际、自以为是的人。（　）

2.《抱薪救火》这个故事告诫我们做事情要考虑后果，不要给自己留下隐患。（　）

3.《围魏救赵》这个故事告诉我们要全面地看待问题，这样才能解决问题。（　）

一、填空题

1. 主题的寓寓性　2. 田忌赛马　3.《滥竽充数》；独奏　4. 伯乐；《相马经》　5.《庖丁解牛》

二、选择题

1. C　2. B　3. A　4. A　5. C　6. C

三、判断题

1. √　2. √　3. ×

爱阅读课程化丛书 / 快乐读书吧

外国经典文学馆					
序号	作品	序号	作品	序号	作品
1	七色花	29	泰戈尔诗选	57	木偶奇遇记
2	愿望的实现	30	格列佛游记	58	王子与贫儿
3	格林童话	31	我是猫	59	好兵帅克历险记
4	安徒生童话	32	父与子	60	吹牛大王历险记
5	伊索寓言	33	地球的故事	61	哈克贝利·费恩历险记
6	克雷洛夫寓言	34	森林报	62	苦儿流浪记
7	拉封丹寓言	35	骑鹅旅行记	63	青 鸟
8	十万个为什么（伊林版）	36	老人与海	64	柳林风声
9	希腊神话	37	八十天环游地球	65	百万英镑
10	世界经典神话与传说	38	西顿动物故事集	66	马克·吐温短篇小说选
11	非洲民间故事	39	假如给我三天光明	67	欧·亨利短篇小说选
12	欧洲民间故事	40	在人间	68	莫泊桑短篇小说选
13	一千零一夜	41	我的大学	69	培根随笔
14	列那狐的故事	42	草原上的小木屋	70	唐·吉诃德
15	爱的教育	43	福尔摩斯探案集	71	哈姆莱特
16	童 年	44	绿山墙的安妮	72	双城记
17	汤姆·索亚历险记	45	格兰特船长的儿女	73	大卫·科波菲尔
18	鲁滨逊漂流记	46	汤姆叔叔的小屋	74	母 亲
19	尼尔斯骑鹅旅行记	47	少年维特之烦恼	75	茶花女
20	爱丽丝漫游奇境记	48	小王子	76	雾都孤儿
21	海底两万里	49	小鹿斑比	77	世界上下五千年
22	猎人笔记	50	彼得·潘	78	神秘岛
23	昆虫记	51	最后一课	79	金银岛
24	寂静的春天	52	365 夜故事	80	野性的呼唤
25	钢铁是怎样炼成的	53	天方夜谭	81	狼孩传奇
26	名人传	54	绿野仙踪	82	人类群星闪耀时
27	简·爱	55	王尔德童话		陆续出版中……
28	契诃夫短篇小说选	56	捣蛋鬼日记		

中国古典文学馆					
序号	作品	序号	作品	序号	作品
1	红楼梦	9	中国历史故事	17	小学生必背古诗词 70+80 首
2	水浒传	10	中国传统节日故事	18	初中生必背古诗文
3	三国演义	11	山海经	19	论 语
4	西游记	12	镜花缘	20	庄 子
5	中国古代寓言故事	13	儒林外史	21	孟 子
6	中国古代神话故事	14	世说新语	22	成语故事
7	中国民间故事	15	聊斋志异	23	中华上下五千年
8	中国民俗故事	16	唐诗三百首	24	二十四节气故事

名人传记文学馆					
序号	作品	序号	作品	序号	作品
1	雷锋的故事	9	华罗庚传	17	司马光传
2	苏东坡传	10	达·芬奇传	18	屈原传
3	居里夫人传	11	爱因斯坦传	19	科学家的故事
4	中外名人故事	12	牛顿传	20	杰出人物故事
5	比尔·盖茨传	13	岳飞传	21	阿凡提的故事
6	诺贝尔传	14	戚继光传	22	孔子的故事
7	爱迪生传	15	张衡传		**陆续出版中……**
8	达尔文传	16	诸葛亮传		

中国现当代文学馆（语文课本作家系列）					
序号	作品	序号	作品	序号	作品
1	一只想飞的猫	18	大林和小林	35	金波经典美文：树与喜鹊
2	小狗的小房子	19	宝葫芦的秘密	36	金波经典美文：阳光
3	“歪脑袋”木头桩	20	朝花夕拾·呐喊	37	金波经典美文：雨点儿
4	神笔马良	21	小布头奇遇记	38	金波经典美文：一起长大的玩具
5	小鲤鱼跳龙门	22	“下次开船”港	39	金波经典童话：沙滩上的童话
6	稻草人	23	呼兰河传	40	金波诗歌：我们去看海
7	中国的十万个为什么	24	子 夜	41	吴然精选集：五彩路
8	人类起源的演化过程	25	茶 馆	42	吴然精选集：珍珠雨
9	看看我们的地球	26	城南旧事	43	高洪波精选集：陀螺
10	灰尘的旅行	27	鲁迅杂文集	44	高洪波诗歌：彩色的梦
11	小英雄雨来	28	边 城	45	肖复兴精选集：阳光的两种用法
12	朝花夕拾	29	小桔灯	46	刘成章散文集：安塞腰鼓
13	骆驼祥子	30	寄小读者	47	刘成章散文集：信天游
14	湘行散记	31	繁星·春水	48	曹文轩经典小说：芦花鞋
15	给青年的十二封信	32	爷爷的爷爷哪里来	49	曹文轩经典小说：孤独之旅
16	艾青诗选	33	细菌世界历险记		**陆续出版中……**
17	狐狸打猎人	34	高士其童话故事精选		

中国现当代文学馆（语文课本延伸阅读系列）					
序号	作品	序号	作品	序号	作品
1	荷塘月色	13	长 河	25	丁丁的一次奇怪旅行
2	背 影	14	寒假的一天	26	小仆人
3	从百草园到三味书屋	15	古代英雄的石像	27	旅 伴
4	徐志摩诗歌	16	东郭先生和狼	28	王子和渔夫的故事
5	徐志摩散文集	17	大奖章	29	新同学
6	四世同堂	18	半半的半个童话	30	野葡萄
7	怪老头	19	红鬼脸壳	31	会唱歌的画像
8	小贝流浪记	20	会走路的大树	32	鸟孩儿
9	谈美书简	21	秃秃大王	33	云中奇梦
10	女 神	22	罗文应的故事		**陆续出版中……**
11	陶奇的暑期日记	23	小溪流的歌		
12	从文自传	24	南南和胡子伯伯		

中国现当代文学馆（中高考热点作家系列）					
序号	作品	序号	作品	序号	作品
	陆续出版中……